Alle Charaktere des Romans sind frei erfunden.

Ähnlichkeiten mit anderen fiktionalen Figuren/realen Personen sind rein zufällig und nicht berücksichtigt.

Christof F. Pöchacker

Gibt es denn ein Happy End?

Roman

Bibliografische Information der Deutschen Nationalbibliothek: Die Deutsche Nationalbibliothek verzeichnet diese Publikation in der Deutschen Nationalbibliografie; detaillierte bibliografische Daten sind im Internet über http://dnb.dnb.de abrufbar.

Herstellung und Verlag: BoD – Books on Demand, Norderstedt

ISBN: 978-3-7543-2962-7

Wer

ist **Nick,** der sich mit Menschen umgibt, deren Leben bald ein Ende finden wird?

Warum

möchte **Timothy** sein Geigenspiel nicht teilen?

Weshalb

kann **Cyan** ihren jüngeren Bruder durchschauen wie sonst niemand?

Weswegen

ist die Liebe von **Zacharius** verboten?

Weiß

das Kind **Bärbl,** für wie viele Tränen es verantwortlich sein wird?

Wieso

glaubt **Violett,** sich zwischen sich selbst und ihrer Familie entscheiden zu müssen?

Und

wer ist diese versoffene Oma **Priska,** die am liebsten Bleistiftzeichnungen nackter Menschen in ihre Küche hängen würde?

Befreiende Besäufnisse. Verbrennende Verzweiflung.

Hohle Hoffnung. Zerreißende Zusammenhänge.

Erbarmungslose, endliche Emotionen.

Sieben Perspektiven.

Ein Buch.

Timothy

- 1. Kapitel -

Ich weiß, dass ich das nicht will. Es fühlt sich nicht richtig an. Zuerst das ohnehin schon bedrückende Thema lang und breit zu Tode zu reden und schlussendlich noch eine Exkursion als Krönung des Ganzen. Als ob Kinder Ausstellungsstücke wären.

Die Vorgeschichte zu diesem Entschluss meiner übermotivierten Ethik-Lehrerin (ja, sie haben dieses Fach tatsächlich durchgesetzt) ist recht harmlos. Sie ist neu an unserer Schule und hat sich über verschiedenste umliegende Institutionen, die sich als Exkursionsziel eignen würden, erkundigt. Dummerweise hat sie dabei das integrative Kinderzentrum entdeckt. Laut ihr handelt es sich dabei um eine Art Ganztageskindergarten, der sich außer auf die typischen Hosenscheißer noch auf die Begleitung sterbenskranker Kinder und ihrer Familien spezialisiert hat. Und diese Entdeckung ist, wie es bei den übermotivierten Lehrkräften so ist, zu einem regelrechten Projekt eskaliert. Tödliche Krankheiten; medizinische Methoden zur Abschwächung dieser; die Kindersterblichkeit hierzulande; die tödlichen Krankheiten, die zur Kindersterblichkeit hierzulande führen, und die medizinischen Methoden, um die tödlichen Krankheiten, die zur Kindersterblichkeit hierzulande führen, abzuschwächen,... letztendlich hat diese Frau so ziemlich alles daran gesetzt, das Thema Tod und Kinder endgültig totzukriegen. Sie weiß es nur nicht. Sie ist eben eine übermotivierte Lehrerin.

„Hat jeder die Schuhe an? Die Jacke auch? Bereit, loszugehen, oder fehlt noch wer?"

Sie hat noch immer nicht ganz begriffen, dass wir keine Volksschulkinder mehr sind, sondern bereits zehn Jahre mehr Lebenserfahrung als die kleinen Quälgeister haben.

„Wunderbar, dann mal los. Vergesst nicht, ihr müsst nachher ein Portfolioblatt anlegen. "

Das genervte Murren und die resignierte, demotivierte Demonstration der hinteren Reihen kann Frau Teufel (nein, das ist kein Spitzname) gar nicht überhören, doch sie spielt weiter gekünstelten Enthusiasmus vor. Auch wenn ich gerne mit den Mädels mitgemurrt hätte, verkneife ich es mir. Ich entscheide, was ich von mir preisgebe. Ich will keine gekünstelte Fassade und ich will mich nicht abheben. Also Klappe zu.

Schon damals, in der Pflichtschule, war mir klar, dass ich auf das städtische Gymnasium gehen möchte und den Musikzweig wählen werde. Ich wusste damals schon ganz genau, was ich wollte. Hätte ich gewusst, dass das die Eintrittskarte zum Hühnerstall ist, hätte ich mich vielleicht anders entschieden. Im Klartext: Ich und viel zu viele - genau genommen 14 - Mitschülerinnen. Singen und Musizieren schien punkto schulischer Karriere gerade out zu sein bei uns jungen Männern. Und dann kam ich. Aber was soll's, man lernt damit umzugehen und sich bei gewissen Gesprächsthemen einfach auszuklinken. „Was ist besser, L'oreal Paris oder Vichy?" - „Hast du mal ein Tampon für mich über?" - „Leute, seid ihr für oder gegen Sport-BHs?" - „O. Mein. Gott. Kennt ihr schon den Typen auf Insta? Total heiß!" - „Kann mir mal jemand mit Mascara aushelfen?..." Irgendwann kommt der Punkt, wo du froh bist, in einigen Mädels Freunde fürs Leben gefunden zu haben. Den Rest muss man ausblenden und stattdessen schweigend seinen Tagträumen nachhängen.

„Timothy, hast du dir schon Fragen für das Pflegepersonal überlegt?"

Ich wünsche mir sehnlichst eine Schaufel. Schaufel, Loch, hineinlegen, zuschütten. Mal ehrlich, es gibt nichts Schlimmeres, als wenn deine Lehrer dich einfach so anquatschen. Und du dann auch noch antworten musst.

„Eigentlich nicht."

„Ja, willst du denn gar nichts dazulernen? Deinen geistig-spirituellen Horizont erweitern?"

Wo ist so eine dämliche Schaufel bloß, wenn man sie braucht?

„Ich würde gerne abwarten und vor Ort nachfragen, wenn ich Fragen habe. Fragen ohne Frageanlass führt zu fragwürdigen Fragmenten, die noch mehr Fragen aufwerfen."

Ich wende mich von ihr ab und hoffe insgeheim, dass meine Antwort sie einerseits etwas ausbremst (wer hält schon hyperaktive Lehrer aus?) und sie mich andererseits danach in Ruhe lässt.

„Gar nicht mal so schlecht, diese Denkweise, schon intelligent...", höre ich sie vor sich hinmurmeln. Dass ich durchaus was im Kopf habe, muss ich ihr ja nicht dauernd beweisen. Man passt sich halt an.

Als der Hühnerhaufen inklusive Superhenne Teufel und ich dann vor dem Kinderzentrum angekommen sind, verstummt das allgemeine Geschnatter und es wird still. Niemand weiß, was uns drinnen erwartet, und ich bin mir ziemlich sicher, dass niemand von uns wirklich Bock auf ein Krankenhaus hat. Na ja, Frau Teufel schon. Dennoch will ich da nicht hinein. Es geht nicht darum, dass ich mich davor fürchte, was mich drinnen erwartet. Es fühlt sich einfach nicht richtig an, extra hierher zu kommen, um den Kindern beim Sterben zuzusehen. Sie sind doch schutzlos - werden von uns begafft wie Fische in einem Aquarium. Darauf hätte unsere Ethik-Lehrerin eigentlich selber kommen können. Ist sie aber nicht.

„Bald sollte eine zuständige Person uns abholen. Ich habe extra einen Termin vereinbart."

Während sie versucht, uns mit einem aufgeklebten Dauergrinsen zu motivieren (keine Chance!), bleibt die Stimmung gedrückt. Bis wir von einer streng aussehenden Frau schwungvoll abgeholt werden.

„Ah, ich sehe schon, dass ihr die Schulklasse seid, die sich unsere Einrichtung einmal ansehen will."

Über das kleine Wörtchen „will" lässt sich diskutieren. Was ich aber nicht vorhabe.

„Schönen guten Tag, ähm… Frau Leiterin, ja, wir …"

„Schon klar."

Die Stimme der - was ist sie überhaupt? Ärztin? - Frau hört sich im Kontrast zu ihrer Wortwahl sanft an.

„Folgt mir einfach!"

Ich weiß nicht, was genau ich erwartet habe, aber das hier sicher nicht. Mit einem Spital hat dieses Kinderzentrum gar keine Ähnlichkeit. Wir werden in eine Art Aula gebracht, die vor Farben nur so strotzt und durch hohe Fenster eine freundliche und helle Atmosphäre vermittelt. Gar nicht mal so übel.

„Also, ganz wichtig: Egal, wo ihr seid oder wem ihr begegnet, geizt nicht mit eurem Lächeln. Darüber freut sich jeder hier. Bleibt höflich und versucht einfach Kontakt aufzunehmen und dafür zu sorgen, dass der heutige Tag für die Kinder ein besonderer wird. Ich wünsche euch noch einen schönen Tag!"

Und weg ist sie.

„Ähm, nun, ihr dürft, also,…"

Tja, ich bin anscheinend doch nicht der Einzige, der mit der Situation nichts anzufangen weiß.

„Moiiiii, schau mal, so süß!"

Das ist Käthe, die viel-zu-viel-Lippenstift-Henne, wie ich sie in Gedanken immer nenne. Sie zeigt mal wieder ihr außergewöhnliches Talent, ihre Stimme auch dann zwei Oktaven zu hoch klingen zu lassen, wenn sie gerade keine Opern singt. Oder es zumindest versucht.

Das Mädchen, das der Auslöser für die akustische Meerschweinchen-Imitation von Käthe war, huscht schnell in den Raum zurück, aus dem es gekommen ist.

„Jetzt hast du sie erschreckt. Du musst Kinder immer direkt anreden, wenn du mit ihnen reden willst!"

Das ist Henriette. Lippenstift-Henne Nr. 2.

„Komm her, kleines Kind, vielleicht kannst du mir etwas erzählen?"

„Worüber sollte es mit dir reden wollen?"

„Vielleicht über seine Krankheit???"

So viel also zum Thema Frauen und Kinder.

Aus einem der Nebenräume tönt Geschrei. Aber kein qual-volles - es ähnelt mehr begeistertem Kinderqietschen. Ein paar undefinierbare Lalllaute sind auch dabei, doch sie alle drücken Begeisterung aus. Neugierig gehe ich zu der Tür des Zimmers, aus dem die schrillen Geräusche kommen, und hoffe dennoch, unentdeckt zu bleiben.

Drinnen ist es genauso bunt wie in der Aula, der Raum hat Wohnzimmercharakter. Mit dem Rücken zu mir verweilt ein Mann, der vor sich eine kleine begeisterte Kinderschar sitzen hat - manche auf dem Teppich, manche in einem Rollstuhl und ein Kind gestützt auf dem Schoß der Leiterin. Der Mann steht von seinem Sitzsack auf, geht zu einem der Schränke an der Wand und holt einige Schlägel, wie jene für ein Glockenspiel, heraus. Er teilt sie den Kindern aus, die sich schon sichtlich auf das Kommende freuen. Glücklicherweise hat er mich noch im-mer nicht bemerkt, und ich habe sein Gesicht auch noch nicht gesehen. Er holt noch eine Blechschüssel und einen kleinen Ses-sel herbei, stellt sie zwischen die Kinder und setzt sich danach wieder in seinen Sitzsack.

„Bereit?"

Seine Stimme klingt ziemlich jung.

„Wisst ihr, was mich jetzt am meisten freuen würde?"

„Mitsingen!", rufen die Kinder im Chor. Das Spiel ist ihnen nicht neu.

Der Mann auf dem Sitzsack schnappt sich eine Ukulele (das Instrument schaut aus wie eine geschrumpfte Gitarre mit nur vier Saiten) und beginnt zu spielen. Zumindest gibt er sich Mühe.

Ehrlich, das Geklimper ist wirklich nicht gut, aber die Kinder scheint das nicht zu stören.

„Der Teppich ist jetzt mein Schlagzeug…"

O nein. Singen kann er noch weniger.

„… wir trommeln mit den Schlägeln darauf…"

Die Kinder können es auch nicht.

„…wir trommeln laut, so dass es kracht…"

Jetzt hämmern sie wie die Verrückten auf den Teppich ein.

„…weil ein jedes Kind dann lacht."

Willkürlich muss ich grinsen. Auch wenn so ziemlich jeder Ton etwas schief war und das so genannte Trommeln schon fast als „Randalieren" bezeichnet werden kann, haben alle Spaß daran. Enthusiastisch haben sie ausnahmslos mitgesungen (ich nenne es einfach mal so) und sichtlich Freude daran gehabt.

„Schau mal!"

„Hm?"

„Hinter dir!"

Begeistert zeigt eines der Kinder auf mich. Weniger begeistert sehe ich, wie sich alle zu mir drehen.

Der Ukulele - Spieler kann wider meine Erwartung kaum älter sein als ich.

„Hey, komm und setz dich zu uns!"

Erwartungsvoll grinst er mich an, als ob er ernsthaft von mir erwarten würde, dass ich mich zu ihnen setze.

„Nein, ich wollte nur kurz..."

Weiter komme ich nicht, denn schon packt mich eine kleine Kinderhand, drückt mir einen Schlägel in die Hand und verfrachtet mich, überrumpelt, wie ich bin, zwischen all die anderen auf den Teppich.

„Was wollen wir als Nächstes als Trommel benutzen?"

„Schüssel!" tönt es zurück.

„Die Schüssel ist jetzt mein Schlagzeug, wir trommeln mit den Schlägeln..."

Wo ist diese verdammte Schaufel, wenn man sie braucht?

Gegen Ende des Besuchs muss meine Lehrerin anscheinend jeden Raum einzeln nach ihren Schülerinnen und mir absuchen, denn in ihrer Begeisterung hat sie vergessen, mit uns eine Uhrzeit und einen Treffpunkt zu vereinbaren.

Was sie zu sehen bekommt, als sie in meinen Raum blickt: Timothy, schweigsam, introvertiert, auf dem Boden sitzend und mehr oder weniger erfreut, einen Schlägel gegen alle möglichen Gegenstände klopfend, Kinderlieder singend. Aber nur ganz leise, damit es keiner hört.

Dummerweise lenkt das Erscheinen von Frau Teufel ein besonders enthusiastisch klopfendes Mädchen ab, sodass es mir mit voller Wucht auf die Fingerspitzen anstatt auf den Boden schlägt.

„Aua!" Reflexartig ziehe ich meine Hand zurück. Mein schlecht unterdrückter Aufschrei war nicht böse gemeint und ließ sich nicht vermeiden. Das Mädchen bekommt zuerst große Augen, dann blickt es sich hilfesuchend um und starrt auf

14

meine Finger. Es ist so perplex und gleichzeitig den Tränen nahe, dass ich mich zu ihm drehe.

„Schau, nichts passiert, alles - nein, nicht weinen…"

Zu spät. Von mir angeredet zu werden hat das Fass zum Überlaufen gebracht. Ich meine, ich bin selber mehr erschrocken, als dass es wehgetan hätte.

„Ach, komm her."

Der Ukulele - Spieler richtet sich auf und streckt seine Arme aus. Das schniefende Mädchen stolpert zu ihm hin und umarmt ihn, während er ihr seine Hand auf den kleinen Rücken legt.

„Eine Hand auf den Rücken zu legen kann Wunder wirken", flüstert er mir zu, während er das Kind tröstet. Er braucht nichts zu sagen, seine bloße Anwesenheit reicht.

Als das Kind seine Umarmung lockert, sucht er den Blickkontakt des Kindes und nickt gleichzeitig mit dem Kopf in meine Richtung.

„En-schul-t'schul-uldigung…", stammelt das Kind in meine Richtung.

„Schon ok, alle Finger noch dran."

Ich halte dem Kind meine Hand hin, und es beruhigt sich langsam wieder. Respekt dem Ukulele - Spieler gegenüber. Alleine hätte ich die Situation nicht in den Griff bekommen.

„Alter, wo warst du?"

Angelina, eine der wenigen meiner Klasse, mit denen ich mich halbwegs gern unterhalte, gesellt sich auf dem Rückweg zu mir.

„Na bei den Kindern. Wo wart ihr?"

„In so einer Art Kaffeestube."

„Echt jetzt? Ihr alle?"

„Na ja, keiner wusste so recht, wohin - oh, nicht einmal Frau Teufel - und so sind wir eben einfach dagesessen."

„Muss langweilig gewesen sein."

„Zumindest bis zu dem Zeitpunkt, als Käthe und Henriette den Kaffeeautomaten geflutet haben."

Sie sieht mich an.

„Frag besser nicht."

Habe ich nicht vor. Was könnte wohl schlimmer sein als ein Lippenstifthuhn? Genau, zwei Lippenstifthühner.

Aber egal, wie viel Spaß sie mit dem Chaos-Duo unserer Klasse hatten, - ich glaube, ich hatte mehr.

„Erzähl mal, Kleiner. Wie war's so in der Sterbeanstalt?"

Meine Schwester Cyan. Keine drei Jahre älter als ich, und trotzdem nennt sie mich Kleiner.

„Ganz ok."

„Ganz ok?"

Ich weiß, was jetzt kommt. Eine Predigt, dass ihr meine kurzen Antworten nicht reichen.

„Ich versuch's nochmal. Erzähl doch, du introvertierter Kleiner. Wie war's so in der Sterbeanstalt?"

„Nenn es bitte nicht Sterbeanstalt, du warst noch nie dort. Und du weißt - auch ein Vorurteil ist ein Urteil."

„Schön. Hat es dir wenigstens gefallen?"

„Ja, schon irgendwie."

Auch wenn ich es nicht gerne zugebe, war es doch eine ganz nette Abwechslung zum Schulalltag. Die Atmosphäre dort war freundlich, aufgeschlossen und lebensfroh (ich weiß, das mag paradox klingen). Die Kinder und die Erwachsenen machen diesen Ort zu etwas Besonderem.

Schon seit Tagen kündigt sich der Sommer an. Was ich und meine Schwester vor langer Zeit geliebt haben, waren Erkundungstouren. Als Kinder sind wir stundenlang durch die Gegend gestreift und haben die Natur erforscht. Wir wohnen am Ortsrand, weshalb wir zwischen Geschäften und Wald aufgewachsen sind. Jedes Mal aufs Neue war es spannend für uns, in den Wald zu gehen. Jede Jahreszeit auszukundschaften. Nach jedem Gewitter den Wald zu inspizieren.

Von unseren Erkundungstouren sind nur Spaziergänge geblieben. Meist enden sie wie heute in einem Kaffeehaus, wo wir uns in den hintersten Winkel setzen und Cyan über alles Mögliche philosophiert. Wobei - ihre Monologe als Philosophieren zu bezeichnen ist etwas gewagt. Meistens geht es um ihr Fernstudium, irgendwelche Jungs oder was weiß ich. Mir gefällt es einfach, dass sie sich Zeit für mich nimmt.

„Und wie waren die Ärzte? Ich mein ja nur - du hast Spitäler noch nie ausstehen können."

Zu Fuß biegen wir in die Straße des Kaffeehauses ein. Leise lächle ich in mich hinein.

„Ärzte?"

„Na ja, wer sollte sonst in so einem Kinderzentrum arbeiten?"

Ich würde ihr gerne sagen, dass ich die meiste Zeit in Gesellschaft eines viel zu bunt gekleideten (farblich unterschiedliche Socken, schwarze Jeans, gelboranges T-Shirt und locker eine lila-blau gefleckte Weste über die Schultern), viel zu schief singenden und vor allem optimistischen schrägen Typen verbracht habe. Sie würde mir nicht glauben, freiwillig mit so einem Menschen Zeit verbracht zu haben. Naja, freiwillig. Ha-ha.

„Die Leute waren ganz nett. Eine Leiterin, die ziemlich chaotisch zu sein scheint, und ein Jugendlicher, der nicht wirklich musikalisch ist."

„Lass mich raten… du wolltest aber nicht singen oder ihm die Spielerei abnehmen?"

„Ich kannte weder das Lied, noch kann ich Ukulele spielen."

„Und du hättest dich nie getraut."

Wieso müssen ältere Schwestern immer glauben, dass sie dir etwas Gutes tun, indem sie dir deine Schwächen immer wieder vor Augen halten?

Im Kaffeehaus angekommen setzen wir uns wie immer in unseren Winkel und bestellen unsere Getränke (Cyan Kaffee, schwarz wie die Seele; ich Chai-Latte). Während wir darin herumrühren, quatscht Cyan darüber, dass sie online eine Partitur für Klavier und Geige gefunden hat, die sie unbedingt mit mir ausprobieren möchte. Meine Schwester ist die Einzige, neben der ich Geige spiele. Musik zu machen ist für mich dasselbe, wie einen Teil meiner Seele preiszugeben.

„Also was ist? Bist du bei dem Duett dabei oder nicht?"

Ich schrecke aus meinen Gedanken hoch.

„Vielleicht."

In der Schule habe ich als Wahlfach Musiktheorie. Somit entfällt für mich Instrumentalunterricht. Fast alles, was ich kann, habe ich mir selber beigebracht oder von meiner Schwester abgeschaut.

„Also das ist wohl der Gipfel der Geschmacklosigkeit. Schau mal - selbst unser Opa ist stilsicherer."

Ich schaue auf und verschlucke mich fast. Der „Gipfel der Geschmacklosigkeit" ist niemand anderer als der Ukulelenspieler. Solange er sich nicht neben uns setzt und mich als schlägelschwingenden Kinder-zum-Weinen-Bringer auffliegen lässt, ist alles gut.

„Hey, ist bei euch noch frei?"

Well, mission failed.

„Vielleicht, wenn du uns zuerst sagst, wer du bist."

„Nick Klimt."

Er schaut mich an.

„Und wir kennen uns ja schon."

„Oh, warte - bist du der unmusi-"

Ein Glück, dass meine Schwester so dünne Sneakers trägt. So merkt sie wenigstens gleich, wenn ich ihr auf die Zehen trete. Nicht fest. Nur so, wie Geschwister es eben machen.

„Setz dich."

Mann, dieser Satz hat mich ungefähr so viel Überwindung gekostet, wie Frau Teufels Lächeln für sie zu erwidern. Stichwort Lächeln - mit dem Lächeln, das er jetzt aufsetzt, kriegt er sicher jedes Mädchen rum. Und ich meine natürlich keine von seinem Arbeitsplatz.

Nick setzt sich auf einen freien Platz an unseren Tisch.

„Schwester oder Freundin?"

Schön wär's.

„Ich? Als ob er sich trauen wür-"

Nächster Tritt. Manche lernen es nie. Kurz gesagt - was ich in der Woche zu wenig rede, kompensiert meine Schwester in 20 Minuten. Cyan räuspert sich.

„Schwester."

Sie schaut auf ihr Handy.

„Scheiße - die Online-Vorlesung!"

Hastig stürzt sie ihren Kaffee runter, knallt mir meine alte lädierte Geldbörse (die sie sich beinhart unter den Nagel gerissen hat, weil sie ihre verloren hat) mit ihrem Geld zum Zahlen hin und stolpert aus dem Café.

„Online-Vorlesung? Heute ist Samstag!", lacht Nick und sieht mich fragend an.

Auf dem Weg nach Hause grüble ich, was Cyan wirklich vorgehabt haben könnte. Sie war noch nie eine gute Lügnerin und so ganz nebenbei sollte sie mich nicht unterschätzen. Nur weil ich still bin, heißt das nicht, dass ich nichts im Kopf habe. Dass sie unmöglich eine Vorlesung gehabt haben kann, ist klar. Doch was war es sonst? Ihre Klavierstunden gibt sie nur vormittags, und abgesehen davon, macht sie am Wochenende sowieso nichts für ihr Studium. Zählt zu ihren Prinzipien. Wahrscheinlich musste sie noch irgendetwas einkaufen, bevor die Geschäfte zusperren.

Zu Hause angekommen schaue ich auf mein Handy. Eine neue Nachricht.

Hallo, hier Nick :)

Du hast deine geldbörse (oder die deiner schwester?) vergessen. Zumindest steht dein name auf dem alten kärtchen neben dieser nummer. Du kannst sie dir unter der woche jederzeit vom kinderzentrum abholen. Sag einfach, du kennst mich, und folge der lärmquelle ;)

P.s. : du hast erwähnt, dass du gerne am wasser bist. Kennst du schon den steinplatz nahe dem kinderzentrum? Ich könnte ihn dir gern morgen zeigen und gleichzeitig die geldbörse mitnehmen. Schreib, ob du zeit hast.

Lg Nick

Na super. Da meine Schwester mit ihrem Unterricht (Schwarz-)geld verdient, besteht sie jedes Mal darauf, zu zahlen. Und ich Depp vergesse auch noch auf die Geldbörse. Das hat man davon, das Geld schon im Voraus abzuzählen und griffbereit zu halten. Zugegebenermaßen habe ich nicht wirklich Lust, meinen Sonntag zu opfern, doch ich habe noch weniger Lust, wochentags zum Kinderzentrum zu gehen oder zu radeln, auch wenn es im Nachbarort liegt.

Nick,

danke für's Bescheid-Geben.

Passt es für dich morgen um 15:00 vor dem Kinderzentrum?

-Timothy

Seine Antwort lässt nicht lange auf sich warten.

Passt super!

Lg :)

Nick

Aufstehen, frisieren - zumindest meistens - aufs Rad und ab in die Arbeit. Meine morgendliche Routine ist wirklich überschaubar.

Gefrühstückt wird im Kinderzentrum. Manche Kinder brauchen unsere Hilfe beim Essen, aber das macht nichts. Zusammen kriegen wir alles hin.

Geduldig schaue ich zu, wie Nico mit dem Messer versucht Marmelade auf seinen Toast zu streichen. Das Messer ist mit einer dicken Hülle aus flauschigem Filz umwickelt, damit Nico sich nicht verletzt. Er ist an Epidermolysis Bullosa erkrankt. Schmetterlingskinder wie er müssen gut auf ihre Haut aufpassen, denn schon durch leichte Berührungen bekommt sie Blasen. Seine Krankheit ist nicht heilbar. Doch diese Tatsache steht nicht im Mittelpunkt.

„Hilfst du mir bitte mal?"

Er hält mir sein umwickeltes Messer hin.

„Klar!"

Vorsichtig nehme ich das Messer, das er mir hinhält, und streiche ihm das Brot fertig. Er hat erst gestern die Verbände von seinen Händen nehmen dürfen. Ich verstehe, dass er nichts riskieren will.

„Soll ich dir auch helfen?"

23

So sind meine Kinder. Wie ich ihnen begegne, so begegnen sie mir. Will ich ein Lächeln haben, muss ich nur eines herschenken.

„Du könntest mir bitte den Zucker für meinen Tee rüberschieben."

Ich habe schon Zucker in meinem Tee und könnte ihn mir leicht selber nehmen. Aber sein Hilfsangebot auszuschlagen wäre unhöflich gewesen. So schiebt Nico langsam das kleine Schüsselchen mit dem Zucker zu mir. Er benutzt seine ganze Hand, um einzelne Finger nicht zu stark zu belasten.

„Danke dir!"

Ein Lächeln breitet sich auf seinem Gesicht aus. Das ist mir der verzuckerte Tee wert.

Manche Kinder sind ziemlich aufgeregt. Sie wissen, dass uns heute eine Schulklasse besuchen wird. Eine Schulklasse voll „Fast-Erwachsener", wie sie unsere Leiterin und Chefin, Miss Molly, nennt. Ich weiß nicht mal ihren Familiennamen, aber das stört keinen. Nick, Miss Molly - unsere Vornamen oder sonstige Bezeichnungen lassen eine Distanz zwischen uns und unseren Kindern erst gar nicht aufkommen. Wenn ich von den Kindern rede, nenne ich sie immer „meine Kinder", denn wir sind doch alle eine Familie. Irgendwie. Auf jeden Fall sind sie für mich keine Patienten mit Nummern.

Auch wenn wir ein mehr oder weniger heiteres Völkchen sind und jedem freundlich begegnen, haben meine Kinder doch Bedenken wegen des angekündigten Besuchs. Isabella fragte mich gestern schon, ob die sich „eh nicht vor uns fürchten, wo manche von uns doch anders sind". Meine hausgemachte pädagogische Konsequenz aus dieser Frage: Unsicherheit durch Sicherheit besiegen. Klingt einfach, und mit den richtigen Bilderbüchern ist es das auch.

So sitzen wir also schon nach dem Frühstück in unserer Geschichtenecke auf dem Teppichboden, und wir schauen uns Bilderbücher an. Keine klassischen Bilderbücher, wie sie sowieso jedes Kind kennt, sondern ganz besondere. Gerade halte ich das Buch „Prinzessin Pfiffigunde" in der Hand und erzähle die Geschichte einer Prinzessin, die absolut keinen Bock hat, irgendeinen doofen Prinzen zu heiraten. Warum sollte sie sich einen Prinzen nehmen, wenn sie doch stattdessen Moped fahren kann?

„Aber die ist ja dann ganz allein, oder?"

„Nein, sie hat doch ihren Dino!"

„Ist sie jetzt eine Prinzessin oder nicht?"

Die Diskussion der Kinder zu verfolgen ist für mich interessanter, als man zuerst denken würde. Ein bisschen kann ich aber nachhelfen.

„Sie ist eben anders", bemerke ich übertrieben wichtigtuerisch, so dass meine Kinder das auch merken.

Dieser eine Satz empört einige wirklich sehr.

„Na und? Sie ist trotzdem voll cool!"

Recht hat das Mädchen. Man kann förmlich sehen, wie den Kindern ein Licht aufgeht. Sie haben die Angst an ihrem eigenen Anderssein verloren und wollen gespannt die nächsten Bilderbücher erzählt bekommen. Vorlesen ist langweilig. Die Geschichten, die ich ihnen aus den Büchern vorstelle, wollen erzählt werden. Also lernen die Kinder noch Tango, den Pinguin mit zwei Papas, Elmar, den ganz und gar nicht elefantenfarbenen Elefanten, und noch ein paar weitere liebenswürdige Charaktere kennen. Unsere Lesestunde endet damit, dass die Kinder schlussendlich stolz zu Miss Molly wuseln und ihr mit leuchtenden Augen erzählen, dass sie nicht anders, sondern besonders sind.

Letztendlich haben sich meine Kinder umsonst Sorgen gemacht. Von der Schulklasse ist weit und breit keine Spur, bis auf einen einzigen relativ fad gekleideten Jugendlichen. Grau, Schwarz, Dunkelblau - ich meine, das Leben ist doch bunt, also bin ich es auch.

Anfangs merke ich gar nicht, dass er da ist, und ich habe keine Ahnung, wie lange er schon dagestanden ist und uns zugesehen hat.

„Hey, komm und setz dich zu uns!"

„Nein, ich wollte nur kurz-"

Schade, ich habe mich schon gefreut, ein bisschen Gesellschaft in meinem Alter zu haben. Ich würde ihn ja weiter herumstarren lassen, doch Isabella ist da anderer Meinung. Schon packt sie ihn an der Hand und zieht ihn in unsere Mitte. Schnell einen Schlägel in die Hand gedrückt, und weiter geht's.

Nachdem wir mit dem Lied den Teppich, die Schüssel, einen Sessel und den Sitzsack bearbeitet haben, beginnt unser Besuch leise mitzusingen. Ich meine, wirklich leise. Doch das heimliche Grinsen auf seinem Gesicht bleibt mir nicht verborgen.

„Wie oft werdet ihr das Lied noch singen?"

Oh, er spricht.

„So lange, bis die Kinder nicht mehr wollen."

Empörtes Quietschen von hinten.

„Und das kann noch ein Weilchen dauern."

Ich muss selber lachen, da die Situation in der Tat etwas schräg ist, doch das kümmert mich herzlich wenig. Die Kinder haben ihren Spaß, ich lerne Singen und Spielen - zumindest irgendwann einmal - und unser Besuch - naja, ich behaupte einmal, dass es ihm gefällt.

Allzu lange singen und musizieren wir aber nicht weiter, denn schon bald kommt eine Frau mit einem gruseligen Grinsen wie dem der Grinsekatze aus „Alice im Wunderland" und will uns unseren Besuch nehmen. Doof nur, dass das Bärbl ablenkt und sie versehentlich die Finger unseres Gastes trifft.

„Aua!"

Er ist über seine Reaktion mindestens so erschrocken wie Bärbl über das, was sie getan hat. Ich kenne Bärbl gut genug, um zu wissen, dass sie sich gleich hilfesuchend an mich wenden wird. Bezugsperson und so weiter.

„Schau, nichts passiert, alles - nein, nicht weinen…"

Netter Versuch, aber so wird das nichts.

„Ach, komm her."

Bärbl stolpert zu mir und versteckt sich in einer schützenden Umarmung. Ihr ist das natürlich furchtbar peinlich.

„Eine Hand auf den Rücken zu legen kann Wunder wirken", flüstere ich unserem Besuch über Bärbl hinweg zu. Er ist mit der Situation komplett überfordert.

Als Bärbl sich einigermaßen gefasst hat, deute ich ihr, sich zu entschuldigen.

„En-schul-t'schul-uldigung...", klaubt sie das Wort zusammen.

Auch wenn es ihr unangenehm ist, so weiß ich doch, dass es ihr nachher besser geht.

„Schon ok, alle Finger noch dran."

Er bringt ein Lächeln zustande, das zaghaft auf Bärbl abfärbt.

Der restliche gestrige Tag verlief relativ ereignislos, und für heute Nachmittag nehme ich mir frei. Vertragsmäßig müsste ich sowieso nicht in der Arbeit sein.

Nun, was macht man, wenn man außerhalb der Arbeit keine Freunde hat, sich langweilt und keinen Bock hat, die Wohnung aufzuräumen? Man geht raus. Stundenlang durch die Gegend zu latschen klingt langweilig. Ist es auch. Aber wegen der Arbeit bin ich erst vor ein paar Wochen hierher gezogen, und viele Straßen sind mir noch unbekannt. Abgesehen von meinem Weg in die Arbeit, den Orten, die ich durch die Arbeit kennen gelernt habe, und dem Haus meiner Oma ist mir vieles fremd. Das muss geändert werden.

In nicht allzu weiter Entfernung sehe ich die nächste Ortschaft, und ich hoffe auf ein Wirtshaus oder irgendwas sonst, wo ich mir etwas zu trinken besorgen kann. Das habe ich davon, letzte Woche doch einmal die Wohnung aufgeräumt zu haben. Keinen Plan, wo ich was verstaut habe, und ich hatte keine Lust mehr, die Trinkflasche zu suchen.

Die Ortschaft liegt gut eingebettet am Fuß eines bewaldeten Berges. Neben Gärten und den biederen Häusern finde ich Geschäfte wie eine Bäckerei, einen Friseursalon und endlich auch ein Kaffeehaus. Nicht gerade das, was ich erhofft habe, aber immerhin. Auch wenn es dort wahrscheinlich keinen Spritzer gibt.

Kaum betrete ich das Kaffeehaus, werde ich schon von der Bedienung angestarrt. Wahrscheinlich hat sie noch nie jemanden gesehen, der seinen Kleidungsstil nicht nach der aktuellen Mode ausrichtet. Gemütlich schlendere ich nach hinten, um mir ein ruhiges Plätzchen zu suchen. Aus dem hintersten Winkel werde ich von einer jungen Frau angeglotzt, was mir aber egal ist. Bis ich den schweigsamen Jugendlichen sehe, der neben ihr sitzt.

„Hey, ist bei euch noch frei?"

„Vielleicht, wenn du uns zuerst sagst, wer du bist."

Schlagfertig ist sie.

„Nick Klimt."

Ich wende mich von ihr ab.

„Und wir kennen uns ja schon."

Auch wenn ich ihn direkt anspreche, zeigt er keine wirkliche Reaktion. Na egal, ich werde ihn schon noch auftauen. Ich habe schließlich echt nicht vor, dass mein Freundeskreis ewig aus Vorgesetzten oder Kindern besteht.

„Oh warte- bist du der unmusi-"

„Setz dich."

Die Aufforderung kommt prompt. Keine Ahnung, was in ihm vorgeht. Oder wer sie ist.

„Schwester oder Freundin?"

„Ich? Als ob er sich trauen wür-"

Für einen kurzen Augenblick verstummt sie.

„Schwester."

Plötzlich zuckt sie zusammen:

„Scheiße - die Online-Vorlesung!"

Sie trinkt ihren Kaffee, wirft eine Geldbörse auf den Tisch und stürmt aus dem Kaffeehaus.

„Online-Vorlesung? Heute ist Samstag!"

Ich kann mir ein Lachen nicht verkneifen und erwarte mir von ihm eine Erklärung. Wobei ich eigentlich nicht einmal seinen Namen kenne.

„Also, du kennst jetzt meinen Namen, wer bist du?"

Er sitzt immer noch so verloren da wie in dem Moment, in dem seine Schwester uns verlassen hat. Bis er mitkriegt, dass ich ihn etwas gefragt habe.

„Timothy."

„Was studiert deine Schwester denn? Ich geh mal davon aus, dass sie das tut, denn sie sagte etwas von Vorlesung."

„Musik."

„Ist sie öfters so zerstreut?"

Ich bestelle mir einen Tee. Diesmal ohne Zucker.

„Manchmal."

Ok, es ist wirklich schwer, ihn in ein Gespräch zu verwickeln. Na warte.

„Zumindest wird sie nicht gerne getreten."

Fast spuckt er den Inhalt seiner Tasse über den Tisch. Es stört mich nicht, dass er denkt, ich sei unmusikalisch. Genauso wenig sollte es ihn stören, dass er noch keine Freundin hat.

„Ich habe ihr von dem Lied erzählt."

„Ist ok! Dass ich nicht singen kann, weiß ich selber auch. Die Kinder aber nicht."

Ich muss selber lachen. Ein bisschen Selbstironie braucht's im Leben, sonst wär's doch fad.

„Du gehst zur Schule, richtig?"

„Stimmt. Hier im Gymnasium, Musikzweig."

„Super. Wenn schon blamieren, dann gleich vor den Profis."

Er bringt einen verlegenen Grinser zusammen.

„Ich singe nicht so gerne und spiele nicht Ukulele. Also der Profi bist du."

„Spielst du ein Instrument?"

„Geige."

Gut, das hätte ich mir denken können. Passt irgendwie zu ihm.

„Hey, ich hab mich immer gefragt, was eigentlich der Unterschied zwischen Geige und Violine ist. Sind Violinen nicht diese Riesengeigen mit so einem kurzen Bogen, die man aufstellt und-"

Ihm kommt ein Lächeln aus. Habe ich was Falsches gesagt?

„Was du meinst, ist ein Cello. Zwischen Geige und Violine gibt es keinen Unterschied."

Ups.

„Wie lange arbeitest du eigentlich schon im Kinderzentrum?"

Plötzlicher Themenwechsel. Auch ok.

„Erst ein paar Wochen. Aber wenn du mehr oder weniger rund um die Uhr dort bist, kommt es dir schon nach kurzer Zeit vor wie eine Ewigkeit. Und dann fühlt es sich an wie eine große Familie. Allerdings mit zu vielen Mamas und zu wenig Papas."

„Bist du der einzige Mann, der dort arbeitet?"

„Abgesehen von den Haustechnikern schon. Und die bekommt man nicht oft zu Gesicht."

Timothy nickt wissend.

„Wenn dir der ganze Hühnerstall mal auf die Nerven geht, dann geh zum Wasser. Das beruhigende Plätschern des Wassers lässt dich den Zickenterror bald vergessen. Auch wenn ich glaube, dass du besser dran bist als ich mit meiner Klasse."

„Auch nur Frauen?"

„Ja. Wenn ich mit meiner Schwester über sie rede, nenne ich sie Hühner."

„Und du bist der Hahn im Korb?"

„Zumindest nicht der Fleischhacker in Teilzeit."

Diesmal lachen wir beide. Solch makabren Humor hätte ich ihm nicht zugetraut. Es zahlt sich doch immer aus, sich Zeit zu nehmen, neue Leute kennenzulernen.

Nachdem er sein Getränk, was auch immer das war, ausgetrunken hat, zahlt er mit auf den Cent genau abgezählten Münzen und verabschiedet sich. Ich trinke noch in aller Ruhe meinen Tee aus, und als auch ich gehen möchte, sehe ich, dass er die Geldbörse seiner Schwester vergessen hat. Unauffällig nehme ich sie mir und schaue hinein. Für gewöhnlich steckt man doch diese kleinen Zettelchen mit den wichtigsten Daten wie Telefonnummer und Name in irgendein Seitenfach, das sonst ohnehin keinen Nutzen hätte. Jackpot, Zettelchen gefunden. Allerdings steht Timothys Name darauf. Auch gut, denke ich mir, so kann ich ihn gleich fragen, ob er morgen schon etwas vorhat, denn dann könnte ich ihm die Geldbörse morgen schon zurückgeben. Und so ganz nebenbei etwas Gesellschaft haben, die nichts mit meiner Arbeit zu tun hat. Ich wollte ihn nicht nach seiner Nummer fragen, denn sogar ich wäre mir blöd vorgekommen, einen Kerl so direkt nach seiner Nummer zu fragen.

Es ist Sonntag, und die Sonne scheint. Ich bin schon früher zum Kinderzentrum gefahren, denn ich wollte den Kindern mal kurz hallo sagen. Auch wenn „meine Kinder" nicht meine Kinder sind, so fühle ich mich doch für sie verantwortlich. Und es macht mich jedes Mal aufs Neue glücklich, dass sie sich freuen, mich zu sehen.

Um Punkt 15:00 kommt Timothy.

„Hey!"

„Hallo. Hast du die Geldbörse dabei?"

„Klar."

Ich gebe sie ihm.

„Danke."

Er sieht nicht nach, ob etwas fehlt oder ob ich etwas rausgenommen habe. Habe ich natürlich nicht, doch ich find's cool, dass er mir vertraut.

„Soll ich dir noch den Stein-Platz am Fluss zeigen?", frage ich ihn. „Er ist wirklich nicht weit weg von hier."

„Ein wenig Zeit habe ich noch."

Ich deute das einfach mal als Ja und mache mich auf den Weg. Wir gehen Richtung Fluss und dann entlang des Bachbettes im ungemähten Gras. Die Weiden neben dem Wasser werden immer dichter, bis sie den Blick darauf schließlich endgültig verwehren.

„Siehst du diesen unauffälligen Stein? Hier müssen wir durch die Weiden."

Mit geübten Schritten bahne ich mir meinen Weg durch das Gestrüpp, bis ich bei einer Art Steinstrand aus großen und kleinen Steinen angelangt bin. Ich warte, bis Timothy neben mir steht.

„Na, habe ich zu viel versprochen?"

„Sicher nicht."

Ich sehe ihm an, dass ihm der Stein-Platz gefällt. Dieser Ort verdankt seinen Namen den großen Steinen, die im Wasser liegen und über die man mit etwas Geschick gehen kann. Zu beiden Seiten des Wassers gibt es einen schmalen Steinstrand, wo die Weiden dicht beieinander wie ein Dach meterhoch in den Himmel wachsen. Im Sommer ist es der kühlste und schattigste Platz, den ich kenne.

Wir setzen uns auf zwei Steine. Ich ziehe meine Schuhe aus und lasse meine Füße ins Wasser hängen.

„Normalerweise sitze ich hier und versuche Ukulele zu lernen. Alleine ist das gar nicht so einfach."

„Tut mir leid, aber allzu viel kann ich dir da nicht weiterhelfen."

„Du könntest deine Geige doch einmal mitbringen und mir etwas vorspielen!"

„Eher nicht."

„Komm, das ist unfair. Du hast mich auch schon spielen gehört."

Er blickt mich mit hochgezogenen Augenbrauen an.

„Ja gut, meine Spielerei auf der Ukulele klingt miserabel, aber warum, glaubst du, komme ich immer hierher üben? Hier bin ich ungestört und niemand hört es."

Eigentlich sollte ich mich jetzt schlecht fühlen. In Wahrheit übe ich überall, weil es mir ziemlich egal ist, wer mich hört. Nur anfangs, zum Kennenlernen des Instruments, bin ich hierhergekommen. Und weil mir der Ort gefällt.

„Ich habe eine Frage."

Hilfe. Bitte jetzt bloß keine Fragen zum Musizieren, dafür bin ich der falsche Mann.

„Schieß los."

„Wie schaffst du es, immer eine fröhliche Stimmung unter den Kindern zu verbreiten? Ich dachte, ihr macht auch so etwas wie Sterbebegleitung im Kinderzentrum."

Ich sehe zu Boden. Als ich aufblicke, glaube ich in seinen Augen Angst, zu weit gegangen zu sein, zu erkennen.

„Das tun wir auch." Ich atme tief durch.

„Jene Kinder, die aufgrund von lebensverkürzenden Krankheiten bei uns sind, wissen, dass sie früher oder später sterben werden, während andere noch ein ganzes Leben vor sich haben. Doch sie haben sich mit diesem Gedanken auseinandergesetzt."

Timothy hört mir aufmerksam zu. Das Wasser fließt leise und unaufhaltsam das Flussbett hinunter.

„In unserem interdisziplinären Team haben wir speziell aus-
gebildete Mitarbeiterinnen für die Bedürfnisse der Kinder. Sie
begleiten die Kinder einen Teil ihres Weges."

„Und deine Rolle?"

„Nun - wie unschwer zu erkennen, bin ich weder Arzt noch
Therapeut oder sonst wer, ich bin einfach für die Kinder da.
Und das Wissen, dass jemand für sie da ist, stärkt viele Kinder
enorm."

Ich sehe, dass er in Gedanken versunken ist.

„Aber hey - ich habe heute frei. Und so hart es auch klingt"-
ich hebe meinen Blick, „ich muss eine klare Linie zwischen Be-
ruf und meinem sonstigen Leben ziehen."

Timothy sieht mich verwirrt an.

„Das bedeutet nicht, dass mir meine Kinder egal sind, nachdem ich meine Stunden abgearbeitet habe. Es bedeutet aber,
dass ich mich selber nicht zwischen Trauerbegleitung und
fremden Bedürfnissen verlieren darf."

Timothy nickt langsam. Ich glaube, er versteht, was ich
meine.

„Und du kriegst das hin? Ich meine, so eine Arbeit darf nicht
unterschätzt werden."

„Wenn ich merke, dass meine Stimmung kippen könnte,
denke ich an meine Oma oder besuche sie. Sie wohnt ganz in
der Nähe."

„Deine Oma?"

„Genau die."

Schon beim Gedanken an meine Oma muss ich grinsen.

„Sie ist keine alte, gebrechliche Oma - sie ist Mitte 60 - und so ziemlich das Gegenteil von dir. Ist nicht böse gemeint. Sie ist einfach ein wenig… exotischer."

Exotisch ist eine sehr freundliche Ausdrucksweise und milde Beschreibung für Priska.

„Weißt du was: Wenn du willst, kann ich sie dir einmal vorstellen."

Timothy nickt, und ich weiß, dass ich gleichzeitig seine Neugierde geweckt und ihn von dem dunklen Thema abgelenkt habe. Ich stehe auf.

„Kommst du? Ich will wieder zurück in die Sonne."

Wieder zu Hause in meiner kleinen Wohnung angekommen, gehe ich zum Kühlschrank und richte mir einen leichten Sommerspritzer her. Man gönnt sich ja sonst nichts. Mit einer Schüssel selbstgemachter Chips, die ich mir am Vormittag frittiert habe, mache ich es mir vor dem Fernseher bequem.

Dennoch will mir die Idee, die mir heute auf dem Rückweg gekommen ist, nicht aus dem Kopf gehen. Timothy schien an meiner Arbeit mit den Kindern interessiert zu sein. Die Kinder würden sich riesig freuen, zusätzlich neben mir noch einen anderen jungen Mann belagern zu können, der einfach für sie da ist. Wobei es ziemlich feig von mir ist, mich auf die Kinder rauszureden. Ich bin nach meinem Umzug hierher immer noch auf der Suche nach ortsansässigen Freunden.

Oder vielleicht war ich das.

Timothy

3. Kapitel

Montagmorgen. Ach, wie toll.

„Wie wir letzte Stunde schon besprochen haben, sind bei der Dur-Kadenz die Nebenstufen..."

Und schon wieder. Ist ja nicht so, als ob das allzu schwer zu begreifen ist.

„Die besagten Moll-Nebenstufen klingen dann also wie folgt..."

Das wissen wir auch schon.

„Und ist die fünfte Stufe dann auch ein Major-Septakkord, oder?"

Der Moment, wenn Käthe einmal mitdenkt, und dabei merkt, dass sie nichts kapiert hat.

Abgedroschenes musikalisches Wissen, gepaart mit intellektuell weniger gesegneten Mitschülerinnen, führt fast immer dazu, dass ich gedanklich wegdrifte. Ich muss daran denken, was mir Nick erzählt hat. Dass man sich nicht zwischen Sterbebegleitung und Bedürfnissen, die nicht die eigenen sind, verlieren darf.

„Nein, Käthe, die Sept wird mit dem siebten Ton der jeweiligen Tonleiter gebildet..."

Ich bewundere seine Fähigkeit, scheinbar rund um die Uhr für seine Kinder da zu sein. Im Gegensatz zu vielen anderen

Menschen (#Frau Teufel) in einer ähnlichen Position bewahrt er Authentizität. Keine Fassade, keine Falschheit, aber dafür Bemühen. Ich glaube, er leistet etwas, was schwer zu begreifen ist. Er gibt sich Minute für Minute die Mühe, Leben, die mit seinem nichts zu tun haben, ein Stückchen lebenswerter zu machen. Das Gestern vergessen, im Heute lachen und auf das Morgen hoffen.

Zu Hause angekommen (weg vom Hühnerstall), suche ich mir die Reste vom Mittagessen zusammen, stelle sie in die Mikrowelle und esse in meinem Zimmer. In der Ferne höre ich den Hall von Cyans Klavierspiel. Es ist das Lied „Listen to your Heart" von Roxette. Womöglich war ihre „Online-Vorlesung" letzten Samstag ein fast übersehenes Date. Solange ihr Freund kein Schleimer ist, der sofort alle Familienmitglieder um jeden Preis für sich gewinnen will, soll's mir recht sein. Noch während sie spielt, nehme ich meine Geige, stimme sie schnell mit den Feinstimmern und spanne den Bogen. Kaum sind die Töne verklungen, stehe ich schon neben ihr und ihrem Wandklavier im Keller. Man kann sagen, was man will, doch die Akustik und die Einsamkeit beim Üben machen unseren Keller zum perfekten Musikzimmer.

„Schleich dich bitte nicht so an, Timothy. Ich kann das nicht leiden."

Erst jetzt dreht sie sich zu mir.

„Dasselbe Lied nochmal?"

„Ja."

Sie würde jedes Lied für mich spielen, wenn ich mitspiele. Es ist für sie eine große Ehre, dass ich sie meine Musik hören lasse.

Und das sollte es auch sein. Augen sind das Tor zur Seele, doch die Musik entspringt unserer Seele. Ein Tor kann verschlossen sein, doch gespielte Melodien können nicht wieder zurückgenommen werden.

Die ersten gemeinsamen Töne erklingen. Ich mag den traurigen und gleichzeitig hoffnungsvollen Charme des Liedes.

Während ich spiele, bin ich am verletzlichsten. Sobald ich mit meinem Bogen über die Saiten streiche, schwingt die Luft und ich mit ihr. Ich kann ausatmen, mich fallen lassen, mich auflösen und wieder aufbauen durch den Klang der Seele.

„Schön, dass du Zeit gefunden hast!"

Nick begrüßt mich mit einem Handschlag, und die Kinder kleben quasi an mir.

„Und ich störe wirklich nicht?"

Ich höre ein Kind „Nein, der gehört mir!" quengeln.

„Überhaupt nicht, sag' einfach, du bist auf Besuch."

Er hält mir und dem bunten Haufen Kinder die Tür auf und kommt selber nach.

„Wir waren gerade beim Kochen, als die Kinder dich durch das Fenster sahen."

„Wussten sie, dass ich vorbeischaue?"

„Ich habe ihnen womöglich erzählt, dass wir wieder Besuch bekommen. Und da kommst eigentlich nur du in Frage."

„Was ist mit den Eltern?"

„Manche Eltern sind bei ihren Kindern stationär untergebracht, und die anderen kündigen sich ohnehin an."

Mein Blick fällt auf die Finger eines Jungen. Sie sind von matt glänzenden braunen Flecken bedeckt.

„Welche Krankheit hat der Junge?", frage ich Nick leise.

„Du meinst August? August, zeig uns doch bitte mal deine Hände!"

Mist. Jetzt bin ausgerechnet ich es, der zuerst ein Kind und dadurch sich selbst in eine verlegene Situation bringt. Schuldbewusst streckt August seine Hände aus. Nick sieht zuerst auf seine Hände und dann mit einem Grinsen zu mir.

„Also wenn Schokolade als Krankheit zählt, würde ich mich trotzdem nicht behandeln lassen."

Ich schaue verdutzt zu August.

„Wieso hast du überall Schokolade auf dein-"

Weiter komme ich nicht, denn schon schütten mich die Kinder mit Erklärungen zu.

„Das ist vom Schneiden, also nicht Schere, mit dem Messer so-"

„Die ist durchs Angreifen geschmolzen-"

„Wir machen Cookies, und da muss man mit der-"

Auch wenn ich mich überrumpelt fühle (hoffentlich wird das nicht zur Gewohnheit), gefällt mir der Eifer, mit dem die Kinder erzählen wollen. Würden sie mich nicht mögen oder nicht annehmen, würden sie sich mir nicht so stürmisch mitteilen.

„Meine Lieben, bitte nicht alle auf einmal! Nico, möchtest du erzählen?"

Nico, ein Kind mit geröteter und vernarbter Haut, wird sichtbar größer wegen des Privilegs, erzählen zu dürfen.

„Also, wir machen Cookies. Die Nachspeise heute war echt grausig, und da haben wir-"

„Pssst, den Teil kannst du weglassen", zwinkert Nick ihm zu.

„Na gut, also wir machen alle zusammen Cookies. August schneidet die Schokolade, ich bin Ofenwächter, Julian ist Rezeptverwalter - jeder macht irgendwas."

Mittlerweile haben mich die Kinder in eine kleine Küche geführt. Ich bewundere sie dafür, an nur einem Nachmittag so ein Durcheinander veranstalten zu können. Ich setze mich auf die Bank in einer Ecke und beobachte die Kinder.

„Koste mal!"

Ein Kind hält mir eine Rührschüssel mit grob vermengten Zutaten hin.

„Warte, Corina, das muss erst noch gut gemixt werden. Julian, sind alle Zutaten drin?"

„Ja, Chef!", kommt es von irgendwo hinten.

„Perfekt. Wer will zu mixen beginnen?"

Genauso gut hätte er fragen können, wer gerne Süßes verschlingt.

„Wisst ihr was, ich beginne und gebe sie dann weiter."

Er geht zu einer Lade, fischt einen Quirl heraus und spannt diesen in eine Bohrmaschine ein. Ich glaube, dass er meinen ungläubigen Gesichtsausdruck gesehen hat.

„Schon mal Cookies gemacht? Der Teig ist ziemlich fest und unser alter Mixer zu schwach, also - . Na ist ja auch egal, es funktioniert jedenfalls super."

Mit einem aussagekräftigen Lächeln („Ich weiß, das ist verrückt, aber wahrscheinlich funktioniert es gerade deswegen so gut!") steckt er den Quirl in den unfertigen Teig und schaltet die Bohrmaschine ein. Nacheinander dürfen alle Kinder, die wollen, mixen. Manche brauchen dabei mehr Unterstützung, manche weniger. Als der Teig schließlich fertig ist, streicht ihn Nick mit einer Spachtel in einen robust aussehenden Dressiersack aus Stoff. Die Kinder breiten Backpapier auf Backblechen aus und dürfen dann mit dem Teig kleine Tupfen darauf machen.

„Nico, ist der Ofen schon aufgeheizt?"

Der Junge zeigt mit dem Daumen nach oben. Er schämt sich nicht, seine Haut zu zeigen. Sanft scheucht Nick die Kinder vom heißen Ofen weg, nimmt die Bleche und schiebt sie ins Rohr. Bis die Kekse fertig sind, wird gemeinsam saubergemacht; die Kinder kennen sich erstaunlich gut in der Küche aus. Sie backen sicher nicht zum ersten Mal.

20 Minuten später sitzen wir alle gemütlich eingebettet zwischen viel zu vielen Pölstern und Decken unter einer Art Baldachin. Von den Kindern weiß ich, dass das die „Geschichtenecke" ist. In der Mitte steht ein großer Teller voll mit Cookies, und die Kinder futtern, was das Zeug hält (na gut, Nick und ich auch). Im hinteren Eck stehen, an die Wand gelehnt, Bilderbücher.

„Kennst du das Buch schon?", fragt mich ein Mädchen ganz leise.

Knuffig. Als ob ich irgendwelche Bilderbücher kennen würde.

„Nein."

Das Mädchen (ich glaube, es ist das Kind, das mich versehentlich mit dem Schlägel getroffen hat) schaut mich mit großen
Augen von unten an.

„Aber wenn du willst, kannst du es mir zeigen."

Nick gibt mir einen Daumen nach oben, so wie Nico es vorhin
bei ihm getan hat. Fühlt sich gut an, dass das Kind nicht bis in
alle Ewigkeit Angst vor mir haben wird. Ich hatte ein richtig
schlechtes Gewissen.

„Also...."

Das Mädchen greift sich noch schnell einen Cookie, nimmt
das Buch, setzt sich neben mich und schlägt es auf. Viele andere
Kinder rücken näher.

„Da waren zwei Pinguine, und die haben sich gern, also
die..."

„Die heißen Roy und Silo!"

„Und die sind da in so einem Zoo, schau..."

Ok. Wie es aussieht, wollen jetzt alle Kinder gleichzeitig das
Buch erzählen.

„Meine Lieben-"

Ziemlich schnell verebbt das Geplapper der Kinder.

„Wie wär's mit unserem Erzählstein?"

Nick steht auf, geht zu einem der Kästen (was gibt es da drinnen eigentlich nicht?) und holt einen umfilzten Stein heraus.

„Hier, Bärbl, du beginnst."

Das Schlägel-Mädchen nimmt den Stein und erzählt weiter.

„Die Pfleger wollen, dass die beiden sich endlich eine Freundin suchen, damit sie eine Familie werden können. Also tren-
nen sie die zwei."

Julian drängt nach dem Stein, und Bärbl gibt ihn ihm, woraufhin Julian weiterredet.

„Aber das wollen Roy und Silo nicht. Also essen sie nichts mehr. Und als die Pfleger die beiden wieder zusammenlassen, bauen sie ein Nest. Schau, Pinguine haben Nester aus Steinen!"

Julian gibt den Filzstein an das nächste Kind weiter.

„Und da wollen die zwei dann einen Stein ausbrüten, denn die tun so, als ob das ein Ei ist. Die Pfleger sehen das. Und dann finden sie ein leeres Nest, und da liegt ein verlassenes Ei drin, das niemandem gehört, und sie tauschen den Stein gegen das Ei aus."

Der Filzstein wandert weiter.

„Aus dem Ei schlüpft dann wirklich ein Pinguin-Baby, und das ist jetzt das Baby von Roy und Silo. Und weil die so gerne kuscheln, was aussieht wie Tango tanzen, heißt ihr Baby Tango."

Bärbl schlägt das Buch zu und zeigt allen die Rückseite des Buches: einen kleinen Pinguin, der an den Händen seiner Eltern geht.

„Kannst du auch Tango tanzen?", fragt mich Bärbl, die sich mittlerweile an mich gelehnt hat. Komisches Gefühl. Aber ausnahmsweise ganz ok.

„Tut mir leid, das kann ich nicht."

„Ich kann!", ruft Julian, und die Kinder hüpfen kurzerhand ausgelassen hin und her. Einige Kinder machen mit, und im Nu kreischen alle glücklich durch die Gegend. Die weniger Motivierten oder jene, die nicht können, bleiben bei uns in der Leseecke sitzen, und Nick holt sich eine Malerrolle und einige dicke

Pinsel, um den Rücken eines erschöpft auf einem Polster liegenden Kindes zu „bemalen". Seine Aufmerksamkeit gilt sowohl dem Kind, dem er sich zuwendet, als auch der herumwuselnden Menge. Meinen irritierten Blick (ich meine - dürfen die das? Einen auf Springkreisel machen?) kontert er gelassen mit „Schon ok, irgendwie müssen sie ja müde werden!" und einem schulterzuckenden Lächeln.

Ich nehme mir das verkehrt daliegende Bilderbuch und blättere es langsam durch. Ich hätte nie gedacht, dass Bilderbücher einen tieferen Sinn verfolgen. Doch tieferer Sinn hin oder her - Tangos Geschichte wird so warmherzig geschildert, dass ich das Buch gerne durchblättere. Ich fühle mich ein wenig erwischt, doch es gefällt mir. Tangos Eltern wünschen sich ein Kind, und ihr Wunsch geht mit Tango in Erfüllung.

Sie sind eine Familie, wie sie im Buche steht.

Cyan

Also, würde ich dafür nicht bezahlt werden, könnte ich mir die Mühe gleich sparen.

„Nein, schau her, du hast am Beginn der Notenzeile zwei B-Vorzeichen, die zählen für das ganze Stück."

„Tschuldigung, ich - ja, ok."

Zacharius spielt weiter, und ich frage mich, ob er es eigentlich darauf angelegt hat, jeglichen nur denkbaren Fehler einzulernen, oder ob er einfach wieder mit dem Kopf ganz woanders ist.

„Und warum ist das jetzt falsch?"

Schuldbewusst schaut er zu mir herunter. Einen Kopf größer als ich und trotzdem das Selbstbewusstsein eines Stücks alten Brotes.

„Schau her, ich erklär's dir nochmal. Wir haben zwei B-Vorzeichen - das *b* und das *es* - und was du spielst, ist ein *as*. Das müsstest du bei drei Vorzeichen spielen. Die haben wir aber nicht, also kannst du es dir so was von in die Haare schmieren."

Wobei seine wohl eher wieder mal gewaschen werden müssten.

„Gefällt dir das Lied nicht mehr?"

„Doch doch - ich mag es."

Na toll. Ich finde es schrecklich. Das Stück setzt sich entweder aus deprimierenden oder wahlweise auch bewusst sich reibenden Harmonien zusammen. Aber was soll's, nach einer Stunde und einem netten Taschengeld ist alles vorbei und ich kann spielen, was ich will.

„Weißt du, wie es ist, etwas erreichen zu wollen? Etwas Unerreichbares? Etwas, was vermeintlich einfach ist, aber dennoch unmöglich?"

Bitte nicht schon wieder. Seine nervend herunterziehenden Reden sind noch schlimmer als sein Liedergeschmack.

„Etwas Greifbares, was unantastbar ist, und wenn du es dir nimmst, zerbricht alles? Du weißt, du willst es, und gleichzeitig musst du dich dafür hassen?"

Ok, der Punkt ist der. Ich werde pro Stunde von ihm bezahlt, also habe ich eine Stunde Zeit für ihn. Wenn er die Zeit wertlos verplempern will, bitte sehr. Abgesehen davon, tut er mir leid. Er wirkt so einsam, und von Timothy weiß ich, dass Zacharius mehr oder weniger niemanden in der Schule hat. Eher weniger.

„Nun, vielleicht kann die Zeit dein Problem lösen. Ich hab' mal gehört, dass die Zeit alle Probleme löst, aber dass sie selbst das größte Problem ist. Oder irgendwie so."

Schweigen. Er sitzt mit gesenktem Kopf da. Ganz so, als ob er bereuen würde, was eben noch aus ihm herausgesprudelt ist.

„Mein Problem nicht", flüstert er verloren.

„Sollen wir weiterspielen?"

„Was?"

Er zuckt zusammen.

„Ähm, klar."

Seine Augen, die soeben noch aufmerksam das Notenblatt studiert haben, starren jetzt nur noch auf ein wertloses Blatt Papier.

Während er vor sich hin klimpert, muss ich daran zurückdenken, warum ich ursprünglich eingewilligt habe, überhaupt Unterricht zu geben. Ich dachte, dass sich Timothy und Zacharius vielleicht anfreunden würden. Ich kannte ihn damals ja noch nicht. Nicht richtig. Ich weiß, es sollte mir egal sein, doch ich konnte und kann einfach nicht mit ansehen, wie Timothy kontinuierlich in seiner Klasse und Komfortzone verrottet. Ich meine, was ich und meine Freundinnen in seinem Alter alles angestellt haben! Von Pyjamapartys mit viel veredelten Erdäpfeln namens Wodka über nächtliches Schwimmengehen bis hin zu fast eskalierenden Kommt-Mädels-wir-reißen-uns-einen-heißen-Jungen-auf-den-wir-letztendlich-aber-nur-auf-Instastalken-Eskapaden war so ziemlich alles dabei. Für Timothy ist es schon eine Herausforderung, mit mir ins Kaffeehaus zu gehen und womöglich auch noch so etwas wie Kommunikation in der Öffentlichkeit zu betreiben. Aber Kaffeehaus ist gut. Ich werde heute wieder mit meinem kleinen Bruder dorthin spazieren. Ich habe heute ohnehin nichts mehr vor.

Im Kaffeehaus gesellt sich eine absolute Stilkatastrophe zu uns. Aber egal, mit dem Lächeln könnte er selbst Professor McGonagall erweichen. Ganz süß, aber für mich zu jung. Jedenfalls scheint er ein netter Kerl zu sein. Dass ich ihn anquatsche, war ja sowieso klar, doch dass Timothy den Mund aufmacht, ist neu. Was soll's, nächster Versuch, meinen Bruder unter die Leute zu bringen.

„Scheiße - die Online-Vorlesung!"

Ich stürze meinen Kaffee hinunter, schmeiße Timothy meine Geldbörse hin und hetze hinaus auf die Straße. Nach ein paar Metern, sobald ich außer Sichtweite bin, verlangsame ich meine Schritte und schlendere gemütlich nach Hause. Zugegeben, mir hätte eine bessere Ausrede einfallen können, aber der Zweck heiligt die Mittel. Behaupte ich jedenfalls.

Die Woche verfliegt im Nu, und der Samstag steht schon wieder vor der Tür. Dennoch war es keine normale Woche. Timothy kommt immer wieder später nach Hause, und ich glaube zu wissen, wo er in dieser Zeit steckt. Sollte er seine Nachmittage wirklich damit verbringen, Kindern beim Sterben zuzusehen, bin ich mir nicht sicher, ob es eine gute Idee war, ihn mit diesem Nick alleine zu lassen. Ach, verflucht sei der erste Eindruck! Trotzdem war er ziemlich gut. Und was man ihm nicht abschlagen kann: Nick hat es geschafft, Timothy von seiner Geige wegzulocken. Normalerweise kommt mein Bruder heim, sucht sich was zu essen, weil er absolut unfähig ist, was Kochen betrifft, und verkriecht sich mit seinem Instrument im Keller. Zu hören bekomme ich seine Melodien nur selten. Wenn Timothy nicht will, dass er gehört wird, dann hört man ihn auch nicht. Finde ich ein wenig unlogisch, weil er der beste Geiger ist, den ich kenne, aber das lässt ihn kalt. Er hat immer schon, bis auf wenige Ausnahmen, nur für sich alleine gepielt.

Nächster Samstag, nächste Klavierstunde für Zacharius. Für heute habe ich ein Stück ausgewählt, weil ich das alte nicht mehr hören will und es womöglich doch etwas zu schwer für ihn ist. Das Lied heißt „Chim-chim-cher-ee" und ist aus dem Musical „Marry Poppins". Ich bin mir sicher, dass er es mögen wird, denn es ist eine typische Moll-Kadenz. Furchtbar traurig. Sollte ihm also gefallen.

Wie immer schlurft Zacharius mit ungewaschenen Haaren und in geduckter Haltung hinter mir in den Keller, wo die Instrumente stehen. Ich spiele ihm das Lied nach den Noten vor, und wie es zu erwarten war, gefällt es ihm.

„Warum klingt dieser Akkord so anders?"

„Weil es der einzige Dur-Septakkord ist. Dadurch sticht er so auffällig positiv heraus. Passt er dir nicht?"

Wahrscheinlich kommt jetzt so eine Antwort wie „Das ist viel zu fröhlich... kann ich nie erreichen...bla bla...."

„Doch, doch - ich mag diese Stelle."

Also damit habe ich nicht gerechnet.

„Darf ich dich mal was fragen, Zacharius?"

Keine Reaktion.

„Wieso willst du immer so traurige Lieder spielen? Ich meine, du bevorzugst normalerweise deprimierende, traurige oder dissonante Klänge. Wie hältst du das auf Dauer aus?"

Keine Reaktion. Himmel, ist der sensibel.

„Zacharius? Ich wollte nicht-"

„Wenn du glücklich bist, würdest du am liebsten zur Musik tanzen. Zu fröhlicher Musik. Weil du glücklich bist."

Seine Antwort ist fast ein Flüstern.

„Wenn es dir gut geht und du guter Dinge bist, wirst du keine traurige Musik hören wollen. Schon gar keine entstehen lassen."

Er wird immer leiser. Schließlich blickt er von seinem Schoß auf zu den schwarzen Klaviertasten.

„Du musst und kannst mich nicht verstehen."

Zacharius gibt mir zu denken. Meine Frage hat er ausweichend beantwortet und dennoch glaube ich, dass er mir alles gesagt hat, was es zu sagen gibt. Auf seine Art. Genauso gut hätte er mir als Antwort eine weitere traurig klingende Harmonie vorspielen können. Er scheint nicht schüchtern zu sein, doch seine Art zu reden und zu gebärden gefällt mir nicht. Ich glaube zu wissen, warum er so komplett neben der Spur ist. Der Arme hat Liebeskummer.

Montagabends, als es schon finster ist, kommt Timothy vom Keller herauf. Seinem Bunker der Klänge.

„Ich gehe noch eine Runde."

„Jetzt? Es ist dunkel und nieselt. Schau mal raus! Du mit deinem Orientierungssinn verläufst dich schon bei dem bisschen Nebel, der gerade aufzieht."

„Charmant von dir, Schwesterlein."

„Und es ist Montag. Du musst morgen in die Schule, oder etwa nicht?"

„Ich weiß."

„Willst du nicht einen Regenschirm mitnehmen? Oder die Regenjacke? Zumindest die-"

„Nein, ich brauche keine Gummistiefel, Mama."

Erwischt. Ich geb's ja zu, dass ich Timothy womöglich etwas bemuttere, auch wenn unsere richtige Mutter das auch ganz gut alleine hinkriegt. Aber was soll man sagen, so ist das bei Geschwistern nun mal. Auch wenn Timothy vermutlich von mir glaubt, dass ich immer und ewig wie eine Löwenmutter hinter ihm stünde, wenn es darauf ankommen sollte. Und damit hätte er vollkommen Recht.

„Soll ich mitkommen? So ein Nachtspaziergang ist ganz praktisch zum Hirnauslüften."

„Nein, danke, ich gehe alleine."

Nanu?

„Also gut, ähm, bis später…Timothy!"

Schon ist er in die Dunkelheit entschwunden.

Zacharius

Ich liege mit dem Kopf nach unten in meinem Bett. Der Raum ist dunkel. Ich kann mich nicht bewegen. Ich könnte es, aber dazu müsste ich es wollen. Will ich etwas nicht, kann ich es nicht können. Doch ich muss. Alle Welt redet davon, dass wir Menschen einen eigenen Willen haben und unser Leben selber gestalten können. Lügen. Unser Wille ist gebrochen. Mein Wille wird gebrochen. Ich will daliegen, bis der Stress, der mich elektrisiert, in sich zusammenfällt und ich wieder einen Wert darin sehe, aufzustehen und etwas gegen den Stress zu unternehmen. Doch ich kann nichts dagegen unternehmen. Ich darf nichts dagegen unternehmen. Niemand würde mich daran hindern. Ich hindere mich selber daran. Ich muss mich kontrollieren.

Mit unendlicher Mühe richte ich mich auf und stelle den alten Wecker ab, der sich neben meinem Kopfkissen die Seele aus dem Blechleib brüllt. Leise stehe ich auf, um meinen Vater nicht zu wecken, der im Zimmer nebenan liegt. Meine ältere Schwester ist schon seit Stunden außer Haus. Manchmal kann ich sie ein paar Minuten vor Mitternacht aufstehen hören, weil sie sich auf den Weg in die Arbeit macht. Sie arbeitet in einer Bäckerei, die auch ein kleines Kaffeehaus dabeihat. Um unser pseudofamiliäres Konstrukt ernähren zu können, arbeitet sie nachts in der Bäckerei. Illegal und nervös. Tagsüber im Café. Offiziell und müde.

Ich ziehe mich an, suche meine Schulsachen zusammen und gehe in die Küche, um mir mit kochendem Wasser und billigstem Instant-Kaffee ein Gebräu zusammenzumischen, das die Müdigkeit vertreibt. Ich gehe ins Bad und schaue in den Spiegel. Ich ziehe meine Mundwinkel nach oben, lasse sie aber wieder erschlaffen. Wozu das alles. Ich nehme meinen Kamm in die Hand und fahre mir damit lustlos durch die Haare. Wozu das alles? Ich blicke resigniert in den Spiegel. Wozu all das?

Der Schultag verrinnt neben mir wie ein kleines Rinnsal am Rande der Donau. Lehrer und Schüler nehmen mich nicht richtig wahr, aber das ist mir egal. Nur bei einer Person ist es mir nicht egal. Das sollte es aber sein. Meine Gedanken strudeln um mich herum, und ich bin das Auge des Hurrikans. Denn im Auge ist vollkommene Stille.

In der Mittagspause setze ich mich an einen leeren Tisch im Speisesaal. Am Nebentisch sitzen die Schülerinnen des Musikzweiges und dieser eine Junge. Keine Ahnung, wie er heißt, doch ich weiß, dass er Cyans Bruder ist. Laut ihr kann er wunderbar Geige spielen, doch noch nie hat er in der Schule gespielt. Seine Entscheidung, in den Musikzweig zu gehen, ist unverständlich. Auf logische Art und Weise. Meine Entscheidung, das Gymnasium besuchen zu wollen, ist trotz guter Noten unverständlich. Auf existenzielle Art und Weise.

Ich bin froh, dass sich niemand zu mir setzt. Früher hätte ich mich gefreut, doch das ist schon lange her. Vor Jahren, als ich noch in der Mittelschule war, hatte ich so etwas wie Gleichgesinnte. Wir waren keine Freunde. Vielleicht wünschte ich mir das damals, doch die anderen wollten nicht. Sie hatten Besseres zu tun, als sich als Freunde eines abnormalen Jungen auszugeben. Einen Jungen, der ohne Mutter aufwächst, wollte niemand zum Freund haben. Einen Jungen, der weniger hatte als alle anderen, wollte niemand zum Freund haben. Einen Jungen, der seinen weinenden Vater trösten musste, wollte niemand zum Freund haben. Einen Jungen, der aufgegeben hat, will niemand zum Freund haben.

„OMG, kennt ihr schon den neuesten Look von dem sexy Instagram-Typen, den ich euch letztens gezeigt habe?"

Die Zicken vom Nachbartisch.

„Ist es wirklich ein neuer Look oder verwechselst du in deiner Verpeiltheit mal wieder ähnliche Namen?"

„Nee, wirklich, Angelina, jetzt schau mal, ich meine, ist doch voll der Hammer, oder?"

„Henriette, ehrlich gesagt habe ich kein Interesse daran, mir online irgendwelche Fake-Profile reinzuziehen."

Henriette sieht beleidigt aus.

„Na, dann halt eben nicht", säuselt sie. „Und du, Timothy, was sagst du dazu?"

Angelina klatscht sich die Hand auf die Stirn.

„Alter! Henriette, falls du es noch nicht bemerkt haben solltest, du brauchst einen Mann nicht zu fragen, was er von Möchtegern-Machos auf Instagram hält."

„Ich werd' doch wohl fragen dürfen!", plustert sich Henriette auf.

Angelina verdreht die Augen, und der Junge sitzt unbeteiligt daneben. Auch wenn ich zu erkennen glaube, dass er in Gedanken weit weg ist, an einem Ort, der es wert ist, an ihn zu denken. Etwas, worauf er sich freuen kann. Etwas, was ich nicht habe.

Zu Hause hat sich nichts verändert. Die Zeit ist schon vor langem stehen geblieben. Alles ist so, wie ich es zurückgelassen habe. Kein Licht brennt, es ist still, der Staub kräuselt sich am abgenutzten Parkett und mein Häferl steht immer noch auf dem Tisch. Ich nehme es, wasche es leise ab und mache mich an die Hausarbeit. Ich bin geübt darin, das Haus halbwegs instand zu halten. Meine Schwester arbeitet bis um vier Uhr Nachmittag, um uns über Wasser halten zu können. Es ist das Mindeste, dass ich mich um den Rest kümmere. Selber verdiene ich kein Geld, und ich habe auch keines. Alles, was ich habe, verdanke ich ihr. Es ist kein gutes Gefühl, zu ihr gehen zu müssen, damit sie mir Geld gibt für das, was ich brauche. Sie gibt es mir gern und sagt, ich solle nicht zögern, ihr Geld anzunehmen, doch ich fühle mich nicht wohl dabei. Sie hat dafür gearbeitet, nicht ich. Sie kommt nach der Arbeit erschöpft nach Hause und fällt sofort ins Bett, nicht ich. Sie will das Beste für mich. Und sie bemüht sich. Ich will das Beste für sie. Was kann ich tun?

Ein kleiner Lichtblick am Ende der Woche sind die Klavierstunden bei Cyan. Sie verlangt einen Spottpreis, weshalb mich meine Schwester überzeugen konnte, zu ihr zu gehen. Meine Schwester bemüht sich so sehr um mich.

Zu Hause spiele ich auf dem alten, verstimmten Wandklavier von Mutter. Es klingt melancholisch und verträumt. Ich habe die Frontplatte herausgenommen. So kann ich die Seiten und die leicht angestaubten Hämmerchen sehen, wenn ich spiele.

Cyan hat mir ein neues Stück mitgebracht. Vieles an ihm klingt traurig, bis auf eine Stelle.

„Warum klingt dieser Akkord so anders?"

„Weil es der einzige Dur-Septakkord ist. Dadurch sticht er so auffällig positiv heraus. Passt er dir nicht?"

Mir gefällt er. Ohne fröhliche Klänge gäbe es auch keine traurigen.

„Doch, doch - ich mag diese Stelle."

Es ist nicht nur dieser eine Akkord, der mir so gefällt. Es ist die Kombination zwischen diesem und dem folgenden Takt. Der besagte Dur-Septakkord baut Spannung auf, erweckt Hoffnung, konstruiert Heiterkeit - nur um dann durch einen folgenden Moll-Akkord in sich zusammenzufallen.

„Darf ich dich mal was fragen, Zacharius?"

Während meiner Überlegungen habe ich sie fast ausgeblendet.

„Wieso willst du immer so traurige Lieder spielen? Ich meine, du bevorzugst nur deprimierende, melancholische oder dissonante Klänge. Wie hältst du das auf Dauer aus?"

Ich muss die Lieder nicht aushalten. Sie helfen mir. Sie verleihen mir Ausdruck.

„Zacharius? Ich wollte nicht-"

„Wenn du glücklich bist, würdest du am liebsten zur Musik tanzen. Zu fröhlicher Musik. Weil du glücklich bist."

Meine Stimme ist leise, so als würde ich nur für mich reden.

„Wenn es dir gut geht und du guter Dinge bist, wirst du keine traurige Musik hören wollen. Schon gar keine entstehen lassen."

Ich fühle, wie ich mich innerlich verschließe. Um mir nichts anmerken zu lassen, hebe ich den Blick zu den Klaviertasten.

„Du musst und kannst mich nicht verstehen."

Ich weiß nicht, warum ich Cyan das erzählt habe. Es entspricht der Wahrheit - meiner Wahrheit - und ist somit nicht gelogen. Und dennoch habe ich ein schlechtes Gewissen dabei. Ich glaube, ich sollte ihr nichts erzählen, weil sie nicht zur Familie gehört. Aber Familie ist ein dehnbarer Begriff, und meine Familie ist ziemlich eingeengt. Zum Reden habe ich niemanden. Nur mich selbst. Großeltern habe ich keine mehr, und meine Eltern waren Einzelkinder. Meine Schwester hat genug eigene Sorgen. Meine Mutter hat sich damals entschieden, nicht mehr bei uns zu leben. Und mein Vater hat Depressionen. Denke ich. Genau weiß das keiner, denn für eine handfeste Diagnose, geschweige denn einen Therapeuten, fehlt das Geld. Meine Schwester will über dieses Thema nicht reden. Sie sagt immer, dass unser Vater alt genug ist, um sich aufzumachen, Arbeit zu suchen, und sich nur zuerst die Zeit nehmen muss, wieder zu uns zurückzufinden. Ich finde, dass er genug Zeit hatte. Über ein Jahrzehnt muss reichen.

Es war ein Tag wie jeder andere unserer geborgenen Kindheit. Unser Vater war zu Hause und kochte mit uns das Abendessen. Er war freischaffender Schriftsteller und konnte sich seine Arbeitszeiten frei einteilen. Einen typischen Fulltime-Job hatte Mutter. Sie kam erst abends heim, und wir Kinder waren die Morgenstunden über im Kindergarten oder in der Schule, bis wir zu unserem Vater heimgingen. Bei ihm waren wir gut aufgehoben. Er war uns immer eine Stütze in stressigen Zeiten. Er war unser Hafen, wenn uns die Wellen zu begraben drohten. Mutter wollte nach der Arbeit in Ruhe gelassen werden. Sie war Stützkraft in einem Brennpunkt-Kindergarten mit Nachmittagsbetreuung in der Stadt. Nach der langen Autofahrt und all den Kindern wollte sie nicht mehr die Kraft aufbringen, auch noch mit uns zu spielen. Ende der Arbeitszeit bedeutete für sie vermutlich Ende der Kinderzeit. Meine Schwester und ich kamen damit ganz gut klar. Wir gewöhnten uns daran, dass unser Vater uns durch die Kindheit begleitete. So auch an jenem Tag, als Mutter müde und gereizt zu Hause ankam. Unser Vater empfing sie mit warmen Worten.

„Abend, Liebling, wie war dein Tag heute?"

„Frag nicht so dumm! Du kannst es dir denken."

Ihre spontanen, heftigen Launen waren nicht weiter schlimm. Wir wussten, dass es nicht so gemeint war.

„Ich wollte nett sein."

„Schön und gut, aber das bringt mir nichts. Immer diese Gefühlsduselei - ach, hallo Kinder - die man gekünstelt hervorquetscht, um Aufmerksamkeit vorzutäuschen."

„Ich weiß, du denkst den ganzen Tag nur an die Bedürfnisse anderer, aber dennoch darfst du an deine eigenen auch denken. Und etwas Nettes gesagt zu bekommen zählt definitiv zu den Grundbedürfnissen eines Menschen."

Er schenkte ihr ein Lächeln. Sie war seine erste Liebe. Er hatte alles für sie tun wollen, damit es ihr besser ging. Er hätte ihr alles verzeihen können.

„Hör auf, mich belehren zu wollen!"

„Ich wollte nur-"

„Da hast du's. Ich wollte nur...", äffte sie ihn nach. „Du und deine Wichtigtuerei. Eine Frau will von einem starken Mann verwöhnt werden und nicht von einem Pseudo-Philosophen, der sein Leben mit Büchern vergeudet, niedergeschwatzt werden!"

„Tja, so ein starker Mann, wie du ihn nennst, bin ich nicht, so einen-"

„Ja, das habe ich schon bemerkt."

„-müsstest du dir erst suchen", bemerkte unser Vater mit einem ironischen Lachen.

„Habe ich schon."

Sie drehte sich leicht weg. Einige Augenblicke passierte nichts, und dann rann alle Farbe aus dem Gesicht meines Vaters. So einen Gesichtsausdruck hatte ich noch nie bei ihm gesehen. Wir Kinder wurden in diesem Moment genauso ignoriert wie die Knoblauchsuppe, die im Hintergrund auf dem Herd überkochte und zu zischen begann.

„Alejandro lebt in Wien. Er sagt, ich könne jederzeit bei ihm einziehen."

Sie suchte nach weiteren Worten, doch es fielen ihr keine mehr ein. Sie drehte sich um und stieg in ihr Auto, das bald wegen einer defekten Ampelanlage von einem Zug erfasst werden würde.

Jetzt konnte unser Vater nichts mehr für sie tun, damit es ihr besser ging. Jetzt gab es etwas, was er sich selber nicht verzeihen konnte.

Später in der Mittelschule wusste ich mir nichts mit meiner Zeit anzufangen. Ich habe mir in der Schule leichtgetan und gute Noten geschrieben. Somit war ich meiner Lehrerin egal. Aufmerksamkeit bekamen immer nur die, die etwas nicht auf die Reihe brachten oder schlecht waren. Ich wollte nicht links liegen gelassen werden. Unwichtig genug war ich schon zu Hause. Nicht auch noch in der Schule, dachte ich mir. Ich begann, mich mit den „Auffälligen", wie die Lehrerinnen sie hinter vorgehaltener Hand immer nannten, zu befreunden. Meine Gleichgesinnten. Viele gemeinsame Interessen hatten wir nicht. Zum gemeinsamen Herumlungern reichte das aber. Bald schon nannten wir uns „Gleichgesinnte", denn das gab uns ein Gefühl der Verbundenheit. Glaubten wir. In Wahrheit gab es uns ein Gefühl von Macht. Wir waren eine Gruppe. Die Gruppe, die den Lehrerinnen trotzte. Zunehmend fing ich an, aufmüpfig zu werden. Ich wollte Grenzen austesten und fand keine. Ich probierte mit meiner Gruppe Sachen aus, die uns niemand erlaubt hatte. Wir hatten nie ein schlechtes Gewissen. Verboten hatte es uns doch auch niemand. Mit der Zeit begannen wir, uns Rituale auszumachen. Zuerst nur ein gemeinsamer Begrüßungsgruß, dann ein Spruch und schließlich alle die gleichen Schuhe. Es waren nur Schuhe. Doch sie waren ein starkes Symbol. Zu Hause hatte ich die Schuhe niemals an. Niemand konnte dort ahnen, wer ich war, wenn ich in den Schuhen stand. In den gleichen Schuhen wie meine Gleichgesinnten. Sie machten uns untereinander erkennbar. Alle in der Schule hatten unterschiedliche Schuhe. Bunte Schuhe, glitzernde Schuhe, Sportschuhe. Nur wir nicht. Wir hatten alle die gleichen. Wir waren eine Gruppe. Wir waren nicht alleine. Wir waren mächtig. Wir waren stark.

Um uns diese Stärke immer wieder vor Augen zu halten, suchten sich unsere Anführer Opfer aus, die schwächer waren als sie. Die wurden dann gepiesackt, geschubst oder bespuckt. Ich war bei solchen Taten immer dabei, aber nicht beteiligt. All das fühlte sich nicht wirklich falsch an. Niemand von den Gleichgesinnten sagte etwas dagegen. Einmal war ich dran mit Spucken. Zwei andere, ein Bub und ein Mädchen, hielten einen schmächtigen Buben gegen die Wand gedrückt. Als ich nicht spuckte, sondern mich abwandte, feuerten mich die anderen Gleichgesinnten an. Ich wollte aber nicht. Ich sträubte mich. Und wurde daraufhin bespuckt. Einer fing an, und die anderen machten mit. Sie spuckten mich an.

„Feigling!"

„Na, bist du zu blöd zum Spucken?"

Die Worte trafen mich wie Dolche.

„Schaut, gleich weint er! Feigling!"

„Lauf doch heim zu deiner Mami!"

Nicht alle wussten, dass ich bei meinem Vater ohne Mutter aufwuchs. Anfangs noch wie versteinert dagestanden, brach dann alles zusammen. Meine Vorstellung der Gleichgesinnten. Die Illusion der Gemeinschaft. Ich rannte zum Klo und schloss mich darin ein. Tränen vermischten sich mit der Spucke auf meiner Haut. Ich wusste, warum sie das getan hatten. Ich passte nicht zu ihnen. Ich war nicht wie sie.

Ich war andersartig.

Andersartig bin ich auch heute noch. Doch ich habe gelernt, damit umzugehen. Die Zeiten ändern sich. Ich muss mich nicht mehr fürchten, dass mir jemand auf dem Schulhof böse Worte oder ein Milchglas nachwirft. Wobei mir das Milchglas immer lieber war. Bei ihm konnte man den angerichteten Schaden wenigstens sehen.

Beim Klavierspielen denke ich viel an die damalige Zeit. Sie hat mich geprägt und verändert. Sei niemals andersartig! Das habe ich aus dieser Zeit gelernt. Sei niemals andersartig! Doch das Wissen nützt mir nichts. Sei niemals andersartig! Dafür ist es schon zu spät. Sei niemals andersartig! Die Klänge lassen mich für den Moment des Seins das hören, was ich damals gefühlt habe.

Wenn ich nicht mehr spielen will oder kann, weil meine Schwester schon so früh zu Bett geht, schreibe ich Gedichte. Ich habe ein kleines schwarzes Heftchen. Da schreibe ich sie hinein. Es war nicht teuer, doch es hat für mich ungeheuren Wert. Unaussprechliches schreibe ich hinein, um die Worte schwarz auf weiß einzufangen. Und gefangen zu halten. Die schweren Gedanken kann man nicht einfrieren. Man muss sie aufschreiben, um leichter zu werden.

Die Flasche

Trostlos tropft die Träne tief,
alsbald sie über die Wange lief.
Tropft auf die Flasche in der Hand,
das Spiegelbild völlig unbekannt.

Augen, die sich selbst nicht kennen,
Gedanken, die sich tief einbrennen.
Verloren, was mein Brustkorb umgab,
betrachtet als Spielzeug, Nacht und Tag.

Die Zukunft ganz klar, wie gestochen,
kaum war die Flasche zu Scherben zerbrochen.
Eine Scherbe in meiner Hand
hat sich ihren Weg gebahnt.
Endgültig tropft die letzte Träne,
nicht aus den Augen, aus der Vene.

Meine Gedichte erfüllen mich mit Glück. Auch wenn man es nicht glauben mag, aber schon während ich solche Zeilen schreibe, merke ich, wie Ballast von mir abfällt. Wenn ich mit einem Gedicht fertig bin, bin ich stolz darauf, was ich geschaffen habe. Angst kommt durch meine Gedichte keine auf. Ich habe keine Angst vor ihnen. Ich bin Herr über sie.

Timothy

Ich weiß nicht, warum ausgerechnet jetzt. Es ist finster. Und Frühsommer. Das will also schon was heißen. Und dennoch hat mir Nick geschrieben, ob ich mir jetzt noch spontan ein paar Minuten freischaufeln könnte. Wir haben uns vor dem Kaffeehaus verabredet, denn das ist der einzige Platz, den er von meinem Heimatort kennt. Wobei die Bezeichnung „Dorf" vermutlich besser passen würde.

Nahezu lautlos lösen sich seine Konturen aus dem Nebel und der Dunkelheit. Mit seiner schwarzen Hose und der lila-blauen Weste wirkt er viel dunkler als sonst.

„Hallo. Ich hoffe, ich störe dich nicht."

„Hallo. Nein, schon ok."

Schweigend gehen wir los. Er geht voran, so dass ich sein Gesicht nicht sehen kann. Unsere Schritte tragen uns aus der Ortschaft hinein in ein kleines Wäldchen.

„Wohin gehen wir?"

„Würde der Steinstrand dir passen? Der, den ich dir neulich gezeigt habe?"

„Ist das nicht zu weit weg von hier?"

Keine Antwort. Ich frage aber nicht nach, denn ich spüre, dass er mir etwas zu erzählen hat.

Die Grillen zirpen rings um uns und bilden eine kaum wahrnehmbare, beruhigende Geräuschkulisse. Der Nebel setzt sich in Form von winzigen Wassertröpfchen auf uns nieder, und der Mond hat sich von uns abgewendet. Ich muss an den kleinen Prinzen und den Fuchs denken. Sie beide erkennen den Wert darin, sich mit jemandem vertraut zu machen.

„Lass dir Zeit", flüstere ich Nick leise zu.

Er schreckt aus seinen Gedanken hoch.

„Ich kann gern langsamer gehen, sorry,…"

„Das habe ich nicht gemeint."

Er quittiert meine Aussage mit Schweigen. Bis der Klang seiner Stimme die Stille erfüllt.

„Weißt du… ich habe mich immer bemüht."

Jetzt schweige ich.

„Und auch wenn es so kommen musste, ist es - es ist-"

Seine Stimme zittert und von seinem unbekümmerten, federnden Gang ist nichts mehr zu erkennen.

„Ich war immer da, es - es war selbstverständlich. Aber irgendwann… jetzt kann ich nicht mehr da sein, weil - weil-"

Sein Blick verliert sich in der Ferne.

„Weil das Kind nicht mehr da ist", beende ich den Satz für ihn flüsternd. „Ist es so?"

Ich suche seinen Blick, seine Augen, doch diese suchen weiter in der Ferne. Als ich sie sehe, glänzen die Sterne darin.

„Kennst du den kleinen Prinzen?", frage ich ihn. „Seine Reise wird in einem Buch beschrieben. Es ist mein Lieblingsbuch."

Er schüttelt kaum merklich den Kopf.

„Ich möchte dir erzählen, warum für den Piloten der Sternenhimmel so wunderschön ist.

Es war einmal ein Pilot, der in der Wüste notlanden musste. Er wollte schon fast die Hoffnung aufgeben, als ein kleines Männchen zu ihm traf. Es war der kleine Prinz. Er war kein gewöhnlicher Prinz. Er kam von einem Asteroiden. Er lebte dort mit seiner Rose, die er erst zu lieben lernte, als er sein Zuhause verlassen hatte. Der kleine Prinz erlebte viel auf seiner Reise, bis er schließlich auf die Erde fiel. Erst nach und nach erzählte er dem Piloten seine Geschichte. Mit jeder Geschichte schlich sich der kleine Prinz tiefer in das Herz des Piloten. Doch nichts ist von Dauer. Der Pilot musste weiter und der kleine Prinz wollte nach Hause. Dem Piloten half sein geschickter Umgang mit Flugzeugmotoren, dem kleinen Prinzen eine Schlange.

Immer wenn der Pilot in die Sterne schaut, hört er das Lachen des kleinen Prinzen. Er weiß, dass er nach Hause, auf seinen Asteroiden, zurückgekehrt ist."

Eine Zeit lang gehen wir schweigend nebeneinander her, bis wir schon von fern das leise Plätschern des Baches hören.

„Der kleine Prinz hatte auch einen Freund auf der Erde. Das war der Fuchs. Sie haben sich einander vertraut gemacht. Deswegen hat der Fuchs auch sein Geheimnis verraten. Kennst du es?"

Wieder lebloses Kopfschütteln.

„Es ist ganz einfach: Man sieht nur mit dem Herzen gut. Das Wesentliche ist für die Augen unsichtbar."

Wir sind bei dem unscheinbaren Stein, der den Eingang zum Steinstrand markiert, angelangt. Nick hält mir die Äste beiseite, während er seinen Kopf wegdreht. Ich gehe voraus und warte auf ihn. Ich will mir gerade einen Stein zum Sitzen suchen, als ich sehe, wie er sich mit dem weichen Ärmel seiner Weste über die Augen wischt. Ich muss daran denken, was er mir bei unserer ersten Begegnung zugeflüstert hat. Ich gehe zu ihm, ziehe ihn zu mir und schließe ihn vorsichtig in eine Umarmung ein. Meine Hand liegt auf seinem Rücken.

„Lass es raus."

Er steht regungslos da, bis er langsam zu zittern beginnt und die Umarmung annimmt. Ich weiß, dass ihm nicht kalt sein kann. Das Wasser plätschert unaufhaltsam leise hinter uns. Ich warte, bis er seinen Blick hebt. Er sieht mir nicht in die Augen. Ich gebe ihn behutsam frei und Nick setzt sich auf einen Stein nahe dem Wasser und beobachtet das Sternenlicht, das durch ein Loch im Blätterdach auf das Wasser fällt.

„Das Kind muss dir sehr am Herzen gelegen sein."

Nicks Gesichtszüge verlieren ein wenig an Traurigkeit.

„Bärbl war mir sehr wichtig, da hast du Recht. Und du hast mich diesbezüglich durchschaut, obwohl du nicht einmal ihren vollen Namen kanntest."

„Was hat ihr Name damit zu tun?"

„Ihr voller Name war Bärbl Klimt."

Stille.

Nick blickt durch die Lücke im Blätterdach auf die Sterne. Jetzt umspielt ein trauriges Lächeln seine Lippen.

„Dank dir weiß ich nun wenigstens, wo sie ist."

Für einen kurzen Moment schaut er mir in die Augen, bevor er den Blick wieder zu den Sternen hebt.

„Sie ist beim kleinen Prinzen auf seinem Asteroiden. Für mich wird der Sternhimmel immer besonders sein, weil ich Bärbls Lachen darin höre, wenn ich ihn durch die Augen des Piloten sehe."

Verträumt verliert sich Nicks Blick zwischen den Sternen.

Auch für mich sind die Sterne besonders. Sie sind besonders, weil ich sie auf seinen Augen glänzen sehe.

Ich bin müde. Sehr müde. Dennoch kann ich nicht einschlafen. Ich wälze mich in meinem Bett hin und her, ohne eine gemütliche Schlafposition zu finden. Nick hat mir nie erzählt, dass Bärbl seine Schwester ist. Oder war. Fragen kommen in mir auf, doch der Spaziergang heute (oder gestern, es ist schon nach Mitternacht) beschäftigt mich. Warum hat er ausgerechnet mich angeschrieben? Was ist mit seiner Familie, seinen Eltern, seinen Freunden? Wenn ich traurig war, kam meistens meine Schwester und hat mich umarmt. Sie wusste schon immer, was ich brauche, damit es mir besser geht. Ich glaube, durch die Umarmung ist es Nick auch besser gegangen. Das Ganze könnte mir peinlich sein, ist es aber nicht. Ich muss es niemandem weitererzählen. In seiner Anwesenheit ist das ok. In der Schule habe ich das noch nie geschafft. Er hilft mir, ich helfe ihm.

In aller Frühe um 8:06 (unmenschliche Uhrzeit) beim Frühstück meldet sich mein Handy.

Morgen! :)

Ich hoffe, dass du noch nicht in der schule bist. Wir werden heute unser abschiedsritual für Bärbl haben, und ich frage dich, ob du dabei sein möchtest. Übrigens, kopfweh tritt spontan auf und man braucht dafür keine ärztliche bestätigung... ;)

Bis gleich, wir sehen uns bei der erzählecke.

Lg Nick.

Klingt nicht gerade so, als ob ich eine Wahl hätte.

„Cyan?"

„Was gibt's, Kleiner?"

„Könntest du mir bitte eine Unterschrift fälschen?"

„Nö. Wofür überhaupt?"

„Schule schwänzen."

„Okay, gib her."

Gekonnt imitiert sie die Unterschrift unserer Mutter auf der Entschuldigung, die ich morgen Frau Teufel vorlegen werde.

„Nur so aus Interesse - was hast du heute denn sonst vor?"

„Muss in die Sterbeanstalt." Das letzte Wort spreche ich ernst und langsam aus.

„Ich dachte, der Begriff Sterbeanstalt - oh Mist, sag nicht-"

„Doch."

„Das tut mir leid für dich. Wirklich. Ich weiß, die kleinen Racker mag man nach der Zeit richtig gern. Na gut, du warst erst ein paar Mal dort, aber trotzdem..."

Sie drückt mich kurz.

„Du wirst den Tag schon meistern. Reden hilft immer. Du kannst doch mit Nick quatschen, er wird das Kind doch sicher gut gekannt haben."

Wenn sie wüsste!

„Nun ja, danke."

Ich halte dabei die unterschriebene Entschuldigung hoch und mache mich auf den Weg zum Kinderzentrum.

„Ich wusste, du würdest kommen."

„Gern."

Nick sieht müde und nicht ganz so fröhlich aus wie sonst, doch er steht wieder aufrecht.

„Komm mit hinein, du kannst mitmalen!"

Drinnen neben der Erzähllecke sitzen einige Kinder mit der Leiterin auf dem Boden und malen oder schreiben mit Filzstiften Bilder oder Worte auf dünnen weißen Karton. Ich kann Kreuze, Herzen, Blumen, Wünsche, Gesichter, Wörter und vieles mehr erkennen.

„Corina, kannst du mir bitte noch drei Blätter geben?"

Das Mädchen gibt Nick drei Kartonstücke, von denen er das oberste in zwei Hälften bricht. Und von einer abbeißt. Dann hält er mir die andere Hälfte und ein ganzes Stück hin.

„Was denn? Das ist Esspapier!"

„Weswegen malt ihr auf Esspapier?"

„Warts ab, du wirst schon noch sehen!"

Er bringt ein Lächeln zustande, wie ich es von ihm gewohnt bin.

„Wenn du willst, kannst du auch auf normalem Papier malen. Bärbl hat sich beides gewünscht."

„Das kann er nachher." Die Leiterin meldet sich zu Wort. „Timothy, kommst du bitte mit in mein Büro? Auf ein Wort unter vier Augen."

Verdammt. Irgendwas musste ja schieflaufen. Im Büro angekommen, setze ich mich auf den Sessel vor dem Schreibtisch, doch die Leiterin deutet auf zwei Sitzsäcke in der Ecke.

„Also, nur der Vollständigkeit halber, für die Kinder und den Rest meiner Crew bin ich Miss Molly. Du kannst mich auch gerne so nennen."

Sie atmet tief durch.

„Wahrscheinlich weißt du es schon, doch das verstorbene Kind, Bärbl, war Nicks kleine Schwester. Mir ist zu Ohren gekommen, dass du in letzter Zeit öfters hier warst und-"

„Es tut mir leid, ich weiß, das war unverantwortlich, einfach hierher zu kommen."

Sie sieht erstaunt auf.

„Davon redet doch keiner. Also, na ja, ich rede jetzt davon. Ich wollte dich fragen, wie es mit deiner Zeit, deiner freien Zeit, aussieht. Ich kann und werde dir keine Anstellung anbieten, doch ich würde mich freuen, dich öfters hier zu sehen. Alleine schon wegen Nick. Er ist der positivste Mensch, den ich kenne, und ich kenne viele Menschen. Dennoch soll auch er jemanden zum Reden haben. Jemanden in seinem Alter, der auf seiner Wellenlänge ist. Ich weiß, es ist viel verlangt, aber du könntest ihm eine Stütze sein."

Ihr Blick wird weicher.

„Und auch wenn ich manchmal etwas zerstreut bin, ist mir nicht entgangen, dass du gerne hier bist."

Erwischt.

„Und dich sowohl Nick als auch die Kinder gerne hier haben."

„Das heißt, ich darf auch in Zukunft euren Alltag miterleben?"

Freude glimmt in mir auf.

„Ich könnte dir jetzt die offiziellen Besuchszeiten für Außenstehende sagen, doch das werde ich nicht. Im schlimmsten Fall hältst du dich noch daran!"

Augenzwinkernd beugt sie sich zu mir.

„Die offizielle Besuchszeit für Fremde ist nämlich nur vormittags und an Wochenenden."

Wieder bei den Kindern, nehme ich mir mein Esspapier, teile die angebrochene Hälfte mit einem Kind (ich glaube Julian) und bemale das vollständige Stück.

„Weißt du… jedes Kind darf sich wünschen, wie es verabschiedet wird."

Julian schaut zu mir auf.

„Und Bärbl hat sich beides gewünscht. Feuer und Wasser."

„Feuer und Wasser? Wie meinst du das?"

„Also, bei Feuer malen wir auf normales Papier, und bei Wasser auf Esspapier. Für die Fische."

Aha. Verstanden habe ich das aber nicht. Dafür meldet sich ein Mädchen zu Wort.

„Das normale Papier werden wir verbrennen. So können der Rauch und unsere Wünsche zu ihr aufsteigen. Weil sie ja jetzt im Himmel ist."

„Und das Esspapier?"

„Das legen wir ins Wasser. Da löst es sich auf, verdunstet irgendwann und geht auch in den Himmel."

Munter plappert Julian dazwischen.

„Letztens hat ein Fisch mein Bild gegessen. Macht aber nichts, irgendwann muss es eh wieder aus dem Fisch raus."

Ich bewundere die Selbstverständlichkeit, mit der die Kinder an die Situation herangehen.

„Seid ihr gar nicht traurig?"

Julian überlegt.

„Doch, ich bin traurig. Ich habe auch geweint. Aber das ist ok so und darf so sein."

„Ich glaube, das muss so sein", erklärt August. „Nachher geht es mir immer besser."

Als alle Bilder und Texte fertig sind, gehen wir in den Garten. Diesmal sind zur Unterstützung mancher Kinder auch Erwachsene dabei, die ich zwar nicht kenne, die mich aber als selbstverständlich hinnehmen. Miss Molly holt aus einem kleinen Gartenhaus eine tellergroße Feuerschale aus bemaltem gebranntem Ton. Sie stellt sie inmitten eines Steinrings, an dessen Rückseite niedrige Blumen wachsen. Eine weitere Mitarbeiterin hat ein kleines Stoffsäckchen mitgenommen, aus dem sie jetzt mithilfe eines Buben Sägespäne in die Schale schüttet. Sie duften angenehm nach Zirbenholz. Nacheinander werden die

Zeichnungen, die auf Papier gemalt wurden, in die Schale gelegt und dann angezündet. Ich weiß nicht, was ich mir erwartet habe (vielleicht Herumgeheule und schwarze Gewänder?), doch Begräbnisstimmung kommt keine auf. Vereinzelt kullern manchen Kindern Tränen übers Gesicht, doch die meisten schnuppern andächtig den Rauch, der nach Zirbe duftet und sich kräuselnd seinen Weg in den Himmel bahnt.

Als dann das letzte Blatt zu Asche zerfallen ist und die letzte Rauchwolke ihren Duft verschenkt hat, gehen wir zu dem Fluss neben dem Garten. Hier legen zuerst die Kinder ihre Abschiedsgrüße in das langsam fließende Wasser. Nick ist ganz still. Nach ihm lege ich mein Blatt auf die kristallklare Oberfläche. Ich habe einen Schlägel gemalt und darunter die Worte „Grüß den kleinen Prinzen von mir" geschrieben.

Zu Hause im Keller nehme ich mir meine Geige und spiele das Lied „La Llorona". Die Töne zittern durch die Luft, und ich verliere mich darin. Die Harmonien greifen ineinander, zerlegen sich, ergeben sich und klingen wie von selbst. Ich halte meine Geige fest, als ob ich sie beschützen müsste. Sie ist so filigran und gleichzeitig kraftvoll wie sonst nichts, was ich kenne.

„Dein Tag war wohl nicht so fröhlich, oder?"

Cyan steht an den Türrahmen gelehnt da und hat mich spielen gehört. Sie erkennt an der Art, wie ich spiele, was ich fühle.

„Komm, lass mich mitspielen. C-Dur?"

„Nein, Ges-Dur."

„Echt jetzt, Kleiner? Aber egal, kriegen wir hin."

Ich beginne noch einmal von vorne, und sie setzt mit ihrer improvisierten Begleitung ein. Die hohen Saitenklänge des Klaviers, vermischt mit wenigen aussagekräftigen Basstönen, verflechten sich mit meiner Geigenmelodie zu einer untrennbaren Klangkulisse. Als die letzten Töne des Liedes verklungen sind, versucht sie es noch einmal.

„Jetzt sag schon. Wo drückt der Schuh?"

„Nirgends. Ich kann auch ohne Schuhe traurig sein."

„Du weißt, was ich meine. Ich frage dich auch nicht, weil du traurig bist. Das ist klar. Du bist so - nachdenklich."

Ich sehe sie mit hochgezogenen Augenbrauen an.

„Als ob das was Neues wäre."

„Ich meine, anders nachdenklich. Was bedrückt dich?"

„Wollen wir nicht noch ein Lied spielen? Sound of Silence?"

„Du erinnerst mich schon fast an Zacharius. Der will auch nur deprimierende Musik machen. Aber der hat seine Gründe. Ich glaube, er-"

Tief in ihren Augen verändert sich etwas.

„Moment mal…"

Sie beginnt verständnisvoll zu lächeln.

„Unglücklich verknallt, hm?"

Ich zeige keine Reaktion, und das regt Cyan noch weiter an.

„Wer ist denn die Glückliche? Kenne ich sie? Ist es Angelina? Nein, wohl eher nicht, du würdest dir keine dieser Hennen angeln-"

„Cyan!"

„Oh, es ist ein Hahn? Auch gut. Kommt eigentlich nur die Stilkatastrophe in Frage…"

Wütend stehe ich auf. Ich weiß nicht einmal, warum ich wütend bin. Oder vielleicht doch. Ich nehme meine Geige und will aus dem Raum gehen, da wirft mir Cyan noch zwei Sätze hinterher.

„Kleiner, wer auch immer es ist, versteck dich nicht! Denk an Zacharius, der immer unglücklicher wird, weil er nicht einsieht, dass er sein Herz nicht kontrollieren kann!"

Ich weiß nicht, was sie meint. Doch, ich weiß, was sie meint. Aber ohne es zu wissen, hat sie einen wunden Punkt getroffen.

Am nächsten Tag gehe ich gleich nach der Schule zum Kinderzentrum, wo Nick im Vorgarten schon auf mich wartet. Er sitzt mit ein paar Kindern auf einer Picknickdecke und isst mit ihnen kleine, flache Küchlein.

„Timothy!"

Die Kinder freuen sich, mich zu sehen. Fühlt sich gut an.

„Hi! Willst du einen Brownie?"

„Hallo. Gerne!"

Ich setze mich, und von so ziemlich allen Himmelsrichtungen strecken mir Kinderhände halb angeknabberte Kuchen hin.

„Hier, nimm den!"

„Danke."

Nick gibt mir einen Brownie, der noch nicht angebissen ist. Wobei mich das bei ihm vielleicht nicht einmal gestört hätte.

„Was steht an?", frage ich, den Mund voller Krümel. Ziemlich leckerer Krümel. So backen würde ich auch gerne können.

„Für mich Feierabend."

Nick steht auf.

„Könntest du bitte kurz auf meine Kinder schauen, während ich Miss Molly hole?"

„Klar."

Ein Mädchen schaut mich mit großen Augen an.

„Bist du jetzt der neue Chef?"

„Ähm...ja?"

„Cool! Kannst du auch singen?"

„Ein bisschen."

„Und Ukulele spielen?"

„Nein, leider nicht. Aber ich spiele Geige."

„Echt? Kannst du mir was vorspielen?"

Unwahrscheinlich.

„Ich habe meine Geige doch nicht einmal mit."

„Macht nichts, dann halt beim nächsten Mal."

Zufrieden wendet sich das Mädchen wieder den Bröseln in seiner Hand zu.

„Hey... wie heißt du eigentlich?"

„Ich bin Corina. Aber mit ,C' am Anfang, nicht mit ,K', weißt du?"

„Ich bin Nico, das ist meine beste Freundin Isabella,..."

„Ich bin Kati!"

„Also: Corina mit ,C', Nico,-"

Ich wiederhole die Namen und zeige dabei auf die Kinder, die sichtlich stolz sind, dass jeder von ihnen von mir einzeln angesprochen wird.

„-Isabella und Kati."

„Und du bist Timothy!"

„Kennst du Olaf? Der sagt immer: ‚Hallo, ich bin Olaf und liebe Umarmungen!'"

Kaum hat Nico das gesagt, umarmt Julian ihn mit größter Behutsamkeit.

„Hallo, ich bin Kati und ich liebe auch Umarmungen!"

Corina umarmt sie.

„Was ist mit dir, Timothy?"

Hallo, ich bin Timothy und habe Berührungsängste. Eigentlich. Aber so kann ich das auch nicht bringen.

„Hallo, ich heiße Timothy und liebe Musik."

Schon beginnt Corina zur Melodie von „Alle meine Entchen" zu singen.

„Alle meine Kekse, der Teig wird gut vermischt, der Teig wird gut vermischt, sonst werden keine guten Kekse aufgetischt."

Die anderen Kinder stimmen mit ein. Sie singen es sogar mehrstimmig. Liegt wahrscheinlich daran, dass zwei falsch singen...

„Alle meine Kekse, Teig klebt in der Hand, Teig klebt in der Hand, drum muss man sie waschen, sonst klebt er an der Wand.

Alle meine Kekse sind ganz braun verbrannt, sind ganz braun verbrannt, da hat wahrscheinlich jemand die Uhr noch nicht gekannt.

Alle meine Kekse liegen am Tablett, liegen am Tablett, kommen dann die Kinder, sind sie alle weg."

Wer da wohl seine Finger im Spiel hatte.

„Ich wär' dann so weit. Kommst du auch oder gebt ihr uns noch ein kleines Privatkonzert?"

Wenn man von der Sonne spricht.

„Komme schon! Vielleicht beim nächsten Mal."

Ich bin selber über meine Antwort erstaunt. Aber hier ist alles so ungezwungen, so frei - ich fühle mich hier wohl.

Wir verabschieden uns von den Kindern und Miss Molly („Bis morgen!", „Vergiss die Geige nicht!", „Schaut, dass ihr morgen keinen Kater habt!") und gehen Richtung Steinstrand.

„Was wollte Miss Molly eigentlich gestern von dir?"

Dasselbe, was ich will.

„Sie hat mir angeboten, öfters hierher zu kommen."

„Und wirst du?"

„Wenn es dir nichts ausmacht?"

„Doch, find ich scheiße."

Er boxt mir auf die Schulter.

„Quatsch, natürlich freue ich mich, wenn du vorbeikommst!"

Nick freut sich wirklich. Es tut gut, ihn wieder lachen zu sehen.

„Danke übrigens wegen gestern."

Er sieht mich an.

„Du hast mir sehr geholfen."

Jetzt werde ich doch ein bisschen verlegen.

„Ach, kein Problem, ich wollte einfach da sein."

„Danke dafür. Nicht jeder hätte sich die Zeit genommen."

Woraufhin sich eine beunruhigende Frage in mein Bewusstsein schleicht.

„Wirst du eigentlich in nächster Zeit weiterhin hier arbeiten? Ich meine, erinnert dich der Ort hier zu sehr an deine Schwester und du musst gehen?"

„Ich weiß es nicht. Ich würde gerne bleiben, doch ich weiß nicht, wie Miss Molly dazu steht."

„Wieso? Du machst deine Arbeit doch hervorragend."

Ein Lächeln umspielt seine Lippen.

„Hat Miss Molly gar nicht ausgeplappert, dass es meine Arbeit eigentlich gar nicht gibt?"

„Was meinst du?"

„Vor meiner Zeit hier gab es so eine Kinderbetreuung außerhalb der eigentlichen Kindergartengruppe, und wie du sie von mir kennst, gar nicht. Miss Molly hat mich eigentlich als Putzfrau, Putzmann - wie auch immer - eingestellt, damit ich die letzten Wochen durchgehend mit Bärbl gemeinsam verbringen kann."

Ich fürchte Schlimmes.

„Das heißt, du hast weder die Ausbildung noch die Berechtigung, dort mit den Kindern zu arbeiten?"

„Stimmt."

Er ergreift wieder das Wort.

„Für die letzten Wochen war es für alle die beste Lösung, dass sie mich in Teilzeit anstellt. Sollte es Kontrollen geben, hätte ich mir den nächstbesten Besen geschnappt und gesagt, dass ich mir meine Arbeitszeiten selber einteilen darf."

Wir sind beim Steinstrand angekommen. Nick setzt sich auf einen kleinen Felsen, der knapp über dem Wasser aufragt, zieht seine Schuhe aus und lässt seine Füße ins Wasser baumeln. Ich zögere kurz, doch dann setze ich mich zu ihm und ziehe auch meine Schuhe aus.

„Ich mag diese kleine Gemeinde. So viel Grün, und alles ist so verlangsamt. Als ob die Zeit stehen geblieben wäre."

Ich hätte nichts dagegen, wenn die Zeit jetzt für immer aufhören würde zu vergehen.

„So kleine Gemeinden haben aber auch Nachteile. Es ist fast so, als ob jeder jeden kennen würde. Bist du schon vertraut mit den Menschen hier?"

„Leider nicht, ich kenne nur dich. Aber ich habe die Aushänge beim Gemeindeamt nach Veranstaltungen abgesucht, um ein wenig unter die Leute zu kommen."

Jetzt oder nie.

„Warst du schon einmal bei einem Umzug dabei?"

„Nun ja, als Kind bei einem Faschingsumzug."

„Und bei einer Pride?"

„Einer was?"

„Pride. Wortwörtlich übersetzt Stolz. Also... wo eben alle hingehen, die stolz darauf sein können, wer sie sind."

„Timothy, ist das etwa sowas wie eine Regenbogenparade, wie es sie in größeren Städten gibt?"

„Ähm, eigentlich schon. Die Bürgermeisterin unserer Nachbargemeinde hat selber eine Lebensgefährtin, und sie wollte sich die Pride - oder Regenbogenparade - in den eigenen Ort holen."

„Hast du denn etwas, was du dort anziehen könntest?"

Nick grinst und mustert mein Gewand.

„Allzu regenbogenmäßig siehst du nicht aus."

Tja, wo er Recht hat, hat er Recht. Von Grau über Schwarz bis hin zu Dunkelblau finden sich alle Varianten ausdrucksloser Kleidungsstücke in meinem Kleiderkasten. So ein Zufall.

„Weißt du was? Nimm das nächste Mal, wenn du uns besuchen kommst, ein weißes Hemd mit. Aber es muss aus 100% Baumwolle sein. Wann ist die Pride eigentlich?"

„Diesen Sonntag."

„Ok, nimm am Samstag das Hemd mit."

„Was hast du vor?"

„Lass dich überraschen."

Ich mag keine Überraschungen. Nick scheint mir das anzumerken.

„Es sei denn, du willst gar nicht auf die Pride."

„Doch."

Ich lasse meine Füße auch ins Wasser hängen.

„Warst du also schon einmal auf einer Pride?"

„Priska, meine Oma, wollte einmal mit mir hingehen, aber damals war ich noch ein Kind. Deshalb haben meine Eltern nein gesagt."

„Und später hattest du kein Interesse mehr, daran teilzunehmen?"

Nick zuckt mit den Schultern.

„Es hat sich einfach nicht ergeben, und alleine hingehen ist auch fad."

Er sieht zu mir.

„Aber das hat sich ja jetzt erübrigt!"

Abends, beim Musizieren im Keller, überlege ich, ob ich Cyan davon erzählen soll, dass ich mit Nick auf die Pride gehe. Sie würde sicher gerne mitgehen, aber nur weil ich dabei bin und sie Nick näher kennenlernen will. Alleine ginge sie vermutlich nicht hin. Wahrscheinlich weil sie weiß, dass sie dort vergeblich nach potenziellen Beziehungen Ausschau halten wird. Zumindest was einen großen Teil der Männer betrifft. Ich weiß, ich sollte ein schlechtes Gewissen haben, weil ich sie ausschließe, doch ich werde sie nicht mitnehmen. Es ist für mich schon Überwindung genug, dass ich überhaupt hingehe, da brauche ich nicht auch noch Cyan, die alles (und jeden) lang und breit niederquatscht. Ich nehme mir mal Zeit für mich. Oder Zeit für uns. Ein „Uns", das Cyan nicht mit einschließt. Es fühlt sich verboten an. Es fühlt sich gut an. Es fühlt sich verboten gut an.

Der heutige Schultag verging trotz meiner Hennen, von denen so manche wieder ihre geistigen Fähigkeiten (nämlich gar keine) bewiesen, ziemlich schnell (…und was ist die Vergangenheitsform von „sein"? „Seinte" oder „gewart?"). Liegt wahrscheinlich daran, dass ich mit den Gedanken ganz woanders war. Violett, eine stille Mitschülerin aus einer unteren Klasse, fragte mich sogar, warum mir stilles Glück vergönnt sei und ihr nicht. Keine Ahnung, wie sie darauf kommt. Sie ist es, die wie ein seelenloser Geist unbeteiligt durch ihr Leben schwebt und auf weiß der Teufel was wartet. Ich weiß, dass Cyan mir das vermutlich auch vorwerfen würde, doch meine Wartezeit hat ein Ende.

Im Unterricht der „Bildenden Kunst", einem Nebenfach, das hauptsächlich für das Abschreiben ausständiger Hausübungen missbraucht wird, ist mir eine Idee gekommen, wofür ich das weiße Hemd brauchen könnte. Jetzt gerade stehe ich in dem Modegeschäft meines Vertrauens (Mode, ha-ha…) und kann mich nicht entscheiden, welches Hemd ich nehmen soll. Schwarze Knöpfe, weiße Knöpfe, weiter Kragen, enger Kragen, tailliert, weit,... - haben die Hersteller zu viel Freizeit oder was? Nacheinander sortiere ich alle Modelle, die mir nicht passen oder nicht gefallen, aus und muss mich letztendlich nur mehr zwischen zwei entscheiden. Dichter Stoff oder leicht transparent? „Grübel nicht so viel nach, Kleiner, und mach einfach!", würde Cyan jetzt sicherlich sagen. Ich denke an Nick, nehme das Hemd aus dem leicht durchscheinenden Stoff und gehe zur Kassa. Manchmal hasse ich Cyan dafür, dass sie mich sogar in Gedanken dazu bringt, auf mich selbst zu hören.

Der nächste Schultag verläuft relativ ereignislos, bis auf eine kurze Begegnung in der Pause. Ich gehe eine ziemlich ungenutzte Abkürzung zum Physiksaal durch die Mittelschule (wer will schon rechtzeitig zum Physikunterricht kommen?), die in unserem Schulkomplex gerade noch so dazugeflickt wurde. Zacharius, irgendein Schüler, der nicht in den Musikzweig geht, aber ein Klavierschüler meiner Schwester ist, liest von einem Infoblatt, das an die Wand geklebt wurde. Ich verlangsame meinen Schritt und versuche unauffällig einen genaueren Blick auf das Stück Papier zu erhaschen. Das allerdings entgeht ihm nicht, er erschrickt, dreht sich zu mir und starrt mir zuerst ausdruckslos in die Augen. Dann verfinstert sich sein Blick, seine Wangen zeigen nicht die leiseste Ahnung eines freundlichen Gesichtsausdrucks und seine Haltung signalisiert kaum merklich Bedrohung. Schnell gehe ich weiter und beschließe, ihm in Zukunft aus dem Weg zu gehen. Der Zettel ist vermutlich von unserer Schulärztin oder einer Lehrkraft aufgehängt worden. Er informiert über psychologische Hilfsangebote für Jugendliche.

Cyan

Und schon wieder ein Samstag. Genau genommen ein Samstagvormittag. Gebückt und niedergeschlagen - hoffentlich nicht wortwörtlich - kriecht mir Zacharius in den Keller nach. Ich bin gespannt, ob er das Stück „Chim-Chim-Cher-ee" von letzter Woche schon kann oder ob er zu demotiviert oder was auch immer zum Üben war. Erstaunlicherweise beherrscht er das Lied nahezu fehlerfrei.

„Gut gemacht!"

„Danke."

Ich will gerade nach meiner Unterrichtsmappe, in der ich schon Lieder für die Klavierstunden, nämlich alles Traurige, das mir in die Finger gekommen ist, gesammelt habe, greifen, da stellt Zacharius verhalten eine Frage an mich.

„Wie kommt es, dass die Liedermacher wissen, wie ihre Lieder klingen werden? Oder wissen sie das gar nicht?"

Interessante Frage, die ich mir früher auch oft gestellt habe. Eigentlich ist es aber nicht so schwer zu verstehen.

„Im Prinzip steht und fällt alles mit den Harmonien und den Rhythmen, die man verwendet."

„Die einzelnen Tonhöhen sind - bedeutungslos?"

„Nein, das meine ich nicht. Die sind für die Melodie ausschlaggebend. Aber für die Stimmung des Liedes sind eben hauptsächlich die Rhythmen und Harmonien verantwortlich."

„Was sind Harmonien?"

„Na, das sind, soweit ich weiß, die Akkorde, also meist Dreiklänge, und die Kombination dieser."

Ich spiele ihm einen fröhlichen Dur-Akkord und einen traurigen Moll-Akkord vor.

„Verstehst du, was ich meine, Zacharius?"

„Es kommt also auf die Harmonien an."

Seine Augen zucken und seine Schultern, die gerade noch in der typischen Klavierspielerhaltung so halbwegs aufrecht waren, sinken buckelig nach vorne.

„Es kommt auf die Harmonie an."

Die Bedeutung seiner Worte hat sich nicht verändert, doch er spricht sie ganz anders aus. So, als ob er sich nach innen kehrt. Komischer Kauz.

„Und was soll getan werden, wenn die Harmonie passen würde, aber nicht passen darf?"

Oh Mann, worauf will er denn jetzt schon wieder hinaus?

„Willst du mir damit etwas sagen? Oder bezieht sich deine Frage auf Komponisten? Du musst wissen, auch wenn es Grundregeln in der Musik gibt, schaffen es trotzdem genügend Komponisten, sie mit Genuss zu brechen."

„Ich wäre ein Komponist, dem die Hände gebunden sind."

„Das macht das Liederschreiben nicht gerade einfacher."

„Das macht es unmöglich."

„Worauf willst du hinaus, Zacharius?"

Er antwortet nicht. Armer Kerl. Gefangen in sich selbst. Ich atme durch und versuche es noch einmal.

„Komm schon, was ist los? Fühlst du dich nicht gut? Gibt es etwas - oder jemanden -, der dir helfen könnte?"

Nachdem seine unruhig umherzuckenden Augen einen fixen Punkt gefasst haben, beginnt er zu reden.

„Es gibt Gesetze. Es gibt Liebe. Es gibt Moral. All das gibt es, und all das ist da, um uns Menschen zu helfen. Doch wenn das Gesetz eine Liebe ersticht und die eigene Moral dafürsteht, beginnen sich Gedanken, Hoffnung und Zukunft zu streiten. Die Zukunft kann in Gedanken so aussehen, dass Hoffnung in der Gegenwart entsteht. Doch es bleibt bei Gedanken in der Gegenwart, sodass Hoffnung für die Zukunft zerfällt."

„Und wenn es in der Gegenwart doch mehr als Gedanken sind?"

„Dann bin ich wieder bei Gesetz und Moral."

„Wo bleibt die Liebe?"

„Die wurde von Gesetz und Moral erstochen."

„Warum?"

„Weil sie meine Cousine ist."

Wir sitzen still da und ausnahmsweise weiß ich einmal nicht, was ich sagen soll. Nach einer Weile der Stille kommt mir ein Gedanke.

„Weiß deine Cousine denn davon?"

Zacharius überlegt. Oder will nicht antworten. Ich habe keine Ahnung.

„Ich denke schon."

Seine Stimme ist sehr leise.

„Oder vielleicht auch nicht. Vielleicht fühlt Violett auch wie ich."

„Aber dann hätte sie dich doch darauf angesprochen, oder?"

Sein Kopf sinkt noch tiefer.

„Genauso, wie ich sie angesprochen habe?"

„Genau! Was hat sie denn gesagt? Wie hat sie reagiert?"

„Violett hat nichts gesagt und auch nicht reagiert. Weil ich sie noch nicht angesprochen habe."

Das hätte ich mir jetzt aber auch denken können. Tja.

„Na, was noch nicht ist, kann ja noch werden."

Er hebt den Kopf und sein gläserner Blick streift mich.

„Verstehst du nicht? Es ist vergeblich, zu glauben, dass sich etwas ändert. Sie ist unerreichbar für mich und wird es für immer sein."

„Was ist mit Freundschaft? Wäre doch ein guter Plan B, oder?"

„Nein."

Die Kälte in seiner Stimme ist eine andere als die des Kellers.

„Nein. Das geht nicht."

„Ihr habt keinen Kontakt?"

„Nur wenn wir uns in der Schule sehen."

„Und was spricht dagegen, dass ihr euch außerhalb der Schule trefft und Freunde seid?"

„Ich werde nicht mit ansehen können, wie sie ihr Leben mit jemand anderem teilt."

„Willst du nicht das Beste für deine Cousine?"

„Doch."

„Aber-"

Er unterbricht mich mit einer leisen, klaren und keinen Widerspruch duldenden Stimme.

„Cyan, danke, dass du mir zugehört hast, doch ich möchte nicht mehr darüber sprechen."

Die restliche Stunde redet er kein einziges Wort mehr.

Nick

Ich freue mich auf morgen. Es ist Samstagvormittag, und Timothy müsste jeden Moment bei uns auftauchen. Die Kinder haben sich richtig an ihn gewöhnt und sind in Hochstimmung aufgrund seiner Besuche, die er uns regelmäßig nach der Schule abstattet. Auch ich laufe schon den ganzen Tag mit einem inneren Grinsen herum. So einen Menschen wie ihn trifft man nicht zweimal im Leben. Jeder ist einzigartig. Doch manche sind mir in ihrer Einzigartigkeit lieber als andere. Timothy hat mich am Tag von Bärbls Tod richtig gut aufgefangen. Dafür bin ich ihm sehr dankbar, und ich hoffe, dass er das auch weiß. Er war zwar nicht der Erste, der mir eingefallen ist, doch er war derjenige, den ich in diesem Augenblick am liebsten um mich hatte. Er strahlt eine tiefgreifende Ruhe aus. Wobei ich glaube, dass er das nicht weiß. Er unterschätzt sich selber, was irgendwie schade ist. Na ja, das lässt sich ändern. Ich fand seinen Vorschlag, auf die Pride zu gehen, einen mutigen Zug. Es gibt ohnehin zu viele Spießer auf dieser Welt, die sich von solchen gutgemeinten Veranstaltungen distanzieren. Warum eigentlich? Ich glaube nicht, dass man dort gleich von der nächsten Drag Queen unangenehm angebaggert wird. Oder von wem auch immer. Ich glaube, dass ich einfach einmal dabei sein will.

Timothy kommt noch vor dem Mittagessen. Glücklicherweise hat er das Hemd nicht an, denn das wird jetzt so richtig
bunt werden.

„Hey!"

„Hallo."

„Bereit, das Hemd zu färben?"

„Du willst es färben? Nicht dein Ernst, oder?"

Kopfschüttelnd und verhalten lächelnd setzt er sich zu uns in
die Leseecke.

„Nicht ich werde es färben. Wir werden das tun."

Und schon schalten sich meine Kinder ein.

„Ja, und wir werden auch die Decken bunt machen, weil die
alten nicht mehr so schön sind."

„Und schmutzig!"

Ok, das ist übertrieben, aber die Leseecke braucht wirklich
neue Plüschdecken. Die wir - wie ich kurzerhand beschlossen
habe - selber gestalten. Wofür sollte es denn sonst so etwas wie
Budget geben.

„Wenn wir uns beeilen, können wir die Decken und Hemden
noch vor dem Mittagessen ins Farbwasser tauchen und sie während des Essens trocknen lassen."

Schon hüpfen die Kinder motiviert auf. So einfach geht's. Ich
lasse die Kinder mit Timothy in den Garten vorausgehen und
hole das Farbpulver und die Kübel, die ich mit kochendem
Wasser befülle. Sobald ich wieder im Garten bin, richte ich das
Farbwasser her. Wir haben drei Farben: Rot, Gelb und Hellblau.
Richtig gemischt steht uns der ganze Regenbogen zur Verfü-
gung.

Zuerst dürfen die Kinder die Decken zusammenknüllen und mit Schnüren so verknoten, dass es wie ein lockerer Ball aussieht und hält. Dann hängen wir diese Deckenknäuel mithilfe von Stöcken zu einem Drittel in die Farben. Sobald sie auf einer Seite gut eingeweicht sind, nehme ich sie heraus und drücke überschüssiges Wasser heraus. Und ab geht's in das nächste Farbbad.

Als alle Decken dann kunterbunt gefärbt sind, kommen unsere Hemden dran. Ich zeige es Timothy vor: Hemd zu einer Wurst drehen, auf den großen Plastikmüllsack legen, mit einem Becher nacheinander die Farben Rot, Gelb, Hellblau und wieder Rot auf die Wäschewurst schütten, ein wenig herumkneten, bis die Farben verrinnen, und fertig. Die Hemden und Decken müssen zusammengerollt oder zusammengeknüllt trocknen, damit die Farbe im Stoff besser verläuft.

Am Nachmittag sitzen wir dann in der Leseecke auf kunterbunten Decken und essen selbstgebackene Brownies mit Smarties. Die Nachspeise war wieder mal - na ja, sagen wir eigenartig. Falls dieses undefinierbare Etwas in den Schüsseln gerührter Pudding hätte sein sollen, dann hat unser Küchenteam ein wichtiges Detail vergessen: den Geschmack. Aber nicht so schlimm, haben wir einen Grund mehr, die Teeküche durch eigene Backkreationen zu verwüsten und wieder perfekt sauber zu machen. Meistens.

Sonntag, 9:30 vormittags, beim Kinderzentrum. Der Plan sieht so aus: Auf Timothy und seine Schwester warten, uns zu seiner Nachbargemeinde kutschieren lassen, auf die Pride gehen, einen coolen Vormittag erleben und viele nette Leute kennenlernen, in die Pizzeria essen gehen, gleich darauf mit einem Glas Wein auf einen gelungenen Vormittag anstoßen und hoffen, dass uns Cyan wieder abholt.

Kaum sind die beiden angekommen, steigt Cyan aus und kommt auf mich zu.

„Hallo!"

Sie mustert mich wieder von oben bis unten und grinst so komisch dabei. Aber hey, auch ok, nicht alle können sich derart stilvoll kleiden wie ich. Mit meinen Flip Flops. Und der roten Jeans. Und dem quietschbunten Hemd.

Neben ihr steigt Timothy, der bis zum Anschlag den Zipp seiner schwarzen Weste zugezogen hat, aus, und Cyan schaut uns beide an.

„Ist ja nicht so, dass ich es euch nicht vergönnt wäre, aber müsst ihr ausgerechnet sonntags quasi mitten in der Nacht in eine Pizzeria brunchen gehen?"

Hinter ihr gestikuliert Timothy wild mit den Armen. Aha. Schlawiner.

„Ja, also, da gibt es diese Dinger, die man in Italien zum Frühstück isst, wie heißen die doch gleich?"

Sie sieht mich fragend an.

„Ähm…Nudeln? Falls du die meinst. Aber ist auch egal. Rein ins Auto mit euch, je schneller ihr dort seid, desto schneller kann ich mich auf der Couch zusammenrollen."

Ich steige hinten ein, und Timothy setzt sich zu mir. Auch nett. Er hätte sich auch einfach vorne breitmachen können, aber so kann ich ihn wenigstens fragen. Ich lehne mich zu ihm und flüstere ihm ins Ohr.

„Kann es sein, dass du deiner Schwester rein zufällig verschwiegen hast, wo wir wirklich hinwollen?"

„Womöglich."

Er muss grinsen. Wobei mir das Grinsen mit so einer Weste im Frühsommer vergehen würde.

„Hast du die Weste an, damit sie das Regenbogenhemd nicht sieht?"

„Jedenfalls nicht, weil mir kalt ist."

Cyan schaut in den Rückspiegel.

„Hey, was soll das Herumgeflüstere? Lästert ihr über mich? So schlecht fahre ich wirklich nicht. Wieso muss ich euch eigentlich fahren? Wollt ihr euch betrinken? Dann hätten uns gleich unsere Eltern bringen können und ich hätte mitkommen können."

„Diesmal lieber nicht", murmelt Timothy verstohlen.

„Hä? Was ist, Kleiner?"

„Danke, dass du uns fährst!", sage ich.

„Ach, kein Problem, ich-"

„Und wieder holst. Gegen 2", sagt er.

„Echt jetzt, Jungs?"

„Große Schwestern sind manchmal irrsinnig praktisch", bemerkt Timothy zu mir gelehnt.

Der Treffpunkt ist neben der Kirche nach der Messe. Ziemlich provokant, finde ich, doch von Timothy weiß ich, dass die Bürgermeisterin sehr gläubig ist und sich jeden Sonntag den Segen für die kommende Woche holt. Sobald die Messe vorbei ist, kommen zwei Frauen Hand in Hand aus dem Kirchentor, gefolgt vom Pfarrer. Sie lachen, binden ihm locker ein Regenbogentuch um den Kragen und schleppen ihn mit sich. Gespielt widerwillig folgt er ihnen zu dem kleinen Grüppchen bunter Menschen, die schon auf dem Kirchenplatz warten. Ein Mann, auf dessen T-Shirt „Homophobie ist doch komplett schwul" steht, hat im offenen Rucksack einen akkubetriebenen Baustellenradio dabei, aus dem gerade das Lied „Born this Way" von Lady Gaga tönt. Endlich zieht auch Timothy seine Weste aus und steckt sie in seinen Rucksack. Darunter hat er das frisch gefärbte Hemd an. Steht ihm echt gut. Ich an seiner Stelle würde mehr Hemden tragen.

„Hey, das steht dir, schaut gut aus!"

Verlegen bedankt er sich mit gesenktem Blick.

Doch selbst wenn es nicht gut aussähe, wäre es egal. Und zwar so was von. Mittlerweile ist aus dem kleinen Grüppchen, zu dem wir uns gesellt haben, schon eine große Gruppe geworden. Von nobel herausgeputzten Teilnehmern (#Regenbogenpfarrer) bis hin zu freizügig gekleideten Jugendlichen ist alles dabei. Alles in allem etwas geschmacklos, aber wunderbar sympathisch. Wir haben uns zu dem Mann mit dem Baustellenradio gestellt, um die Musik lauter zu hören, als ein Jugendlicher, vielleicht ein bisschen älter als wir, ihn schusselig im Vorbeigehen anquatscht.

„Sorry, Harald, aber hast du zufällig irgendwo meine BH gesehen?"

Der Junge trägt eine ziemlich kurze Jeans, kombiniert mit einem bauchfreien T-Shirt. Seine Haare sind mit Haarspray bunt angesprüht und er ist einwandfrei geschminkt. Dezent und unaufdringlich. Sieht ein bisschen schräg aus. Aber auf die positive Art und Weise.

„Nein, Samuel, eigentlich nicht", bekommt er schulterzuckend als Antwort.

„Hey, Samuel!"

Ich kenne ihn zwar nicht, aber ich kann's mir nicht verkneifen.

„Heißt es nicht ‚meinen BH'?"

Er dreht sich zu uns.

„Was? Ach so, stimmt, ihr kennt sie nicht. ‚BH' steht für ‚Bessere Hälfte'. Eine Freundin von mir."

Er stellt sich auf die Zehenspitzen und sieht über uns hinweg.

„Habt ihr vielleicht jemanden mit Knitterlocken gesehen?"

„Ja, sie steht hinter dir."

Leise wie der Wind hat sie sich hinter ihn geschlichen.

„Da bist du!"

„Auch schon bemerkt?"

Sie grinst schelmisch.

„Und wen hast du diesmal aufgegabelt?"

Bessere Hälfte nickt in unsere Richtung.

„Also, das ist, ähm-"

Samuel greift sich an den Kopf.

„-Wer seid ihr eigentlich?"

„Bekiffte Terroristen, die gerade von der Beichte kommen."

„Mit Sicherheit. Wer seid ihr wirklich?"

Timothy schüttelt den Kopf.

„Freunde aus Nachbarorten. Ganz unschuldig."

„Ganz unschuldig?", bohrt Samuel nach. Er begleitet seine Sätze mit ausdrucksstarken Gesten. Ob weiblicher oder männlicher Natur ist ihm vollkommen egal. „Wobei, wenn du sagst, dass ihr nur Freunde seid, glaube ich euch das sogar", ergänzt er augenzwinkernd.

Die Musik wird leiser gedreht und Harald hebt eine Frau in einem seidigen, weich fallenden Sommerkleid auf seine Schultern. Sie räuspert sich und faltet einen kleinen Zettel auseinander. Und stutzt.

„Scheiße, das ist die falsche Rede. Hier kann ich schlecht mit ,Lieber Sepp, anlässlich deines 80. Geburtstages ...' anfangen."

Ihre Hand streicht schwungvoll die geschwungenen Haare aus ihrem Gesicht.

„Also ohne Redemanuskript. Na gut. Geschätzte Besucher, Besucherinnen und alle, die sich noch nicht angesprochen gefühlt haben. Das ist eigentlich keine Veranstaltung für engstirnige Ignoranten, die glauben, immer Recht zu haben. Sollte sich jetzt jemand angesprochen fühlen - schön, dass sie da sind, ihre einseitige Weltanschauung kann geheilt werden."

Sie fährt sich noch einmal lachend durch ihre Haare.

„Heilige Scheiße, wie oft habe ich das gehört. ,Sie können geheilt werden...' Blödsinn, sage ich, wir sind schon geheilt. Wir sind geheilt von einseitigen Weltanschauungen. Wir sind geheilt von Schubladendenken. Wir sind geheilt von den toxischen Zwängen mancher Menschen. Seien wir stolz darauf, so zu sein, wie wir sind! Seien wir dankbar dafür, so sein zu dürfen, wie wir sind! Egal, mit welchem Buchstaben von ,LGBTQ+' wir uns am besten identifizieren können, das ist ok so. Egal, wenn ich das nicht kann und meine ganz persönliche Vorstellung von mir habe - das darf auch so sein! Und jetzt die Message an alle Heteros, die da sind: Herzlich willkommen! Es freut uns, dass ihr uns kennenlernen wollt und dabei seid! Wuhuuu!"

Die Menschen klatschen und jubeln ihr zu. Diese Bürgermeisterin ist wirklich eine coole Socke.

Nachdem Harald sie wieder abgesetzt hat, gehen sie voraus, und wir alle folgen ihnen. Im Grunde ist es nur ein Spaziergang durch eine Ortschaft. Das Herumgehen ist an sich nichts Besonderes. Das Besondere sind die Leute, mit denen man hier geht.

„…So ein Skandal, doch es ist mir egal…"

„Wuuuuuw!"

Ok, wenn man nach diesem Freudenschrei geht, kennt Samuel dieses Lied. Und wird gleich ausgelassen herumhüpfen.

„…ich mach', was ich will…"

Ja, Recht gehabt. Er beginnt zu tanzen.

„…und das mach' ich auch mit Stil…"

Der Rhythmus erfasst seine Beine, strömt durch seinen ganzen Körper bis zu den Fingerspitzen.

„Du verrücktes Huhn!", ruft ihm seine Bessere Hälfte zu, lacht und beginnt mitzutanzen. Ist ja auch wirklich ein geiles Lied. Was soll's. Ich schnappe mir Timothys Hand und beginne auch mitzutanzen. Wohl eher Hüpfen. Er wehrt sich nicht, und wir lassen uns einfach treiben. Von irgendwoher höre ich anerkennendes Pfeifen. Ich weiß nicht, wem es gilt. Ist aber egal. Hauptsache, es macht Spaß.

Am Ende der Pride setzen wir uns in die Pizzeria, von der uns Cyan abholen wird. Bessere Hälfte, eigentlich Samantha, und

Samuel sind mitgekommen. Find ich toll. Das mit dem ‚viele nette Leute kennenlernen' kann ich schon mal abhaken.

„Sag mal, Samuel, wer hat dich eigentlich so perfekt geschminkt?"

„Das kriege ich selber so hin, danke!"

Er stupst zuerst Samantha an und sieht mich wieder an.

„Ich hatte aber auch die beste Lehrerin."

„Schleimer."

Nach der besten Pizza, die ich seit langem gegessen habe, werden wir leider schon viel zu früh von Cyan abgeholt. Mir waren Samuel und Samantha von Anfang an sympathisch. Die sind genauso verrückt drauf wie Oma und ich manchmal. Und ich bin mir sicher, dass auch Timothy sie mag. Nach und nach hat er begonnen mitzureden und herzhaft zu lachen. Es ist schön, sein Lachen zu hören. Es klingt ehrlich und kein bisschen künstlich.

„Na, schon betrunken oder noch nüchtern?"

„Stocknüchtern, Schwesterherz", antwortet Timothy, wieder in seiner schwarzen Weste.

„Schade. Betrunken quatscht du so viel Blödsinn daher, das ist immer so amüsant."

Cyan wendet sich verschwörerisch mir zu.

„Füll ihn mal ab, am besten mit Kirschlikör, vermischt mit Rum, du wirst sehen, das ist echt unterhaltsam!"

„Ich merk's mir, danke."

Keine so schlechte Idee. Mal sehen.

Auf dem Weg zum Auto läuft uns noch eine Drag-Queen von vorhin über den Weg. Als sie mich sieht, wirft sie mir einen Kuss mit den Worten ‚Schickes Outfit, Schätzchen!' zu. Sie erinnert mich an meine Oma.

„Cyan?"

„Was gibt's, Nick?"

„Hast du nächsten Freitagabend Zeit und könntest uns zu meiner Oma fahren?"

„Lass mich raten… und holen auch gleich?"

„Wenn es dir nichts ausmacht?"

Sie überlegt kurz.

„Es darf nur nicht zu spät werden, ich muss nächsten Samstag früh raus. Pfuschen und so."

„Deal?"

Ich strecke ihr die Hand hin. Sie schlägt ein.

„Deal."

Timothys Freude zeichnet sich deutlich an den Lachfältchen neben seinen Augen ab.

Priska

Ich sitze gemütlich in meinem Hängesessel und lese meine Schundromane. Noch. Heute kommen mich Nick und noch so ein Typ besuchen. Auf Nick freue ich mich schon. Von dem anderen hat er mir nichts Genaueres erzählt. Macht nichts, muss ich ihn selber kennenlernen. Ich hoffe nur, dass mein Enkel nicht schon wieder Wein mitbringt. Diesmal habe ich den Wein besorgt. Wenn ich etwas partout nicht ausstehen kann, dann diesen billigen Fusel, den er als Wein bezeichnet. Das ist kein vergorener Traubensaft mehr, das ist misslungene Kompostierung. Aber egal, für heute habe ja ich eingekauft. Und für das nächste Mal. Und das übernächste Mal. Oder wir lassen es so richtig krachen. Dann nur für heute. Aber ganz wichtig: wenn schon saufen, dann guten Stoff. Und jetzt ab zum Fernseher, ich hab keinen Bock mehr auf Lesen.

Die Jungs haben sich für den Abend angekündigt. Pünktlich um sechs Uhr stehen sie vor der Haustüre. Ich glaube, ich versuch's mal mit einem guten Eindruck.

„Hi, Oma. Wie siehst du denn aus?"

Eigentlich wie immer. Dunkellila gefärbte Haare mit rosa Strähnchen und eine Federboa. Fühlt sich irrsinnig trendy an.

„Scheiße wie immer. Muss wohl in der Verwandtschaft liegen."

Ich klopfe meinem lachenden Enkel auf die Schulter. Neben ihm steht dieser neue Freund von ihm.

„Und du bist…?"

„Timothy. Danke für die Einladung. Freut mich, Sie kennenlernen zu dürfen."

„Sei dir da mal nicht zu sicher, Schätzchen. Ich bin übrigens Oma Priska."

Er lächelt höflich. Ups. Das mit dem guten ersten Eindruck hat wohl doch nicht funktioniert. Ich gehe einen Schritt zur Seite und lasse sie in mein bescheidenes Heim.

„Ich hoffe, dass wir dich nicht stören, Oma."

„Ach nicht doch, wobei solltet ihr eine alte, harmlose Dame denn stören?"

„Womöglich beim illegalen Schnapsbrennen im Keller?"

„Also bitte. Ich doch nicht", leiere ich in zuckersüßer Unschulds-Ironie herunter.

Das war im Vorjahr. Heuer sind die Zwetschken noch nicht reif.

Nicks Blick fällt auf meinen Fernseher.

„Na, wieder mal eine prickelnde Verabredung mit Mr. Grey gehabt?"

Ich hätte wohl doch nicht mitten in einer Sexszene stoppen sollen. Aber das Standbild würde sich gut als Bleistiftzeichnung in der Küche machen.

„Willst du den Film noch fertigschauen?"

„Also, wenn du mich so fragst…"

Kurze Zeit später sitzen wir auf der Couch und sehen uns den Film weiter an. Verstohlen mustere ich die Jungs. Der Film mit Fesseln hat auch sie gefesselt. Ich bin doch wirklich eine „Oma mit Bildungsauftrag". Bei mir lernen sie was fürs Leben. Oder erweitern schon Gelerntes. Wer weiß. Kann ich sie nachher noch fragen.

Nach dem Film setzen wir uns auf meinen Balkon. Ein paar Holzstufen führen von dort aus in meinen Garten. Urwald würd's aber besser treffen. Nick holt gerade Wein und Gläser, und ich hoffe, dass er die Eiswürfel nicht vergisst.

„Oma!", schreit er vom Keller durch den Lüftungsschacht herauf.

„Schätzchen, was gibt's?"

„Kann ich Mineralwasser auch gleich mitnehmen?"

„Nimm das aus den Glasflaschen! Und vergiss meine Eiswürfel nicht!"

„Wieso? Ich dachte, nur heiße Menschen brauchen Eiswürfel!"

Kröte.

„Ich mach dir gleich die Hölle heiß, dann weißt du schon mal, wie sich das anfühlt!"

„Weil du weißt, wie es dort ist."

„Hey, ich war dort schon mal. Hat mich aber wieder ausgespuckt."

Timothy sitzt etwas verloren neben mir.

„Was hast du lieber, Sommerspritzer oder Wein pur?"

„Danke, ich brauche nichts."

„Du darfst dir gerne nehmen, Schätzchen. Ansonsten kriegst du eine Infusion."

„Dann doch lieber Sommerspritzer. Danke."

Na bitte, er hat Anstand. Der Kerl ist mir sympathisch. So ganz anders als Nick - aber hey, wenn der auch so schräg wäre wie wir, würden wir am Schluss noch gemeinsam Gemeine Waldrebe rauchen. Das Zeug wächst haufenweise im Wald, hat aber keine Wirkung. Ach, da werden Kindheitserinnerungen wach...

„Fürchtet euch, da bin ich wieder."

„Schätzchen, du hast die Gläser vergessen."

„Bin schon wieder weg."

„Lass den Wein da!"

Als wir alle unsere Gläser inklusive Inhalt haben, lehne ich mich entspannt zurück.

„Oma? Du hast nicht zufällig was vom Mittagessen übrig, oder?"

Himmel, die Knödel.

„Stimmt, ich wollte euch noch schnell Knödel kochen. Stimmt, stimmt, das gehört zum gesitteten Umgang mit Alkohol. Nicht auf leeren Magen trinken, sonst passt mehr rein und das wird teuer."

Ich stehe auf, trinke schnell mein Glas leer und spaziere summend in die Küche.

„Und, was sagst du zu Oma?"

Dank meiner lautstärkenverstellbaren Hörgeräte höre ich mehr, als man mir zutraut. Jetzt würde dieses klischeehafte Lachen einer psychisch labilen Hexe im Hintergrund gut passen.

„Ich find sie cool. Unter einer ,Oma' habe ich mir immer etwas anderes vorgestellt."

„Tja, Oma ist eben eine ganz besondere Oma. Welche Beschreibung würdest du denn passend finden?"

„Also, ,geile nicht-alte Schachtel' würde so halbwegs gut hinkommen."

Wäre schon eine interessante Anrede. Direkt adelig.

„Hey, Timothy, das wäre mal eine perfekt maßgeschneiderte Anrede!", rufe ich hinaus.

Kurze Stille.

„Echt?"

„Klar, was denn sonst? Klingt auf jeden Fall besser als ,Seniorin' oder ,Rentenbezieherin'. Wobei das politisch korrekt wahrscheinlich ,Rentenbezugsperson' heißen würde. So ein Schmarrn."

Ich höre noch „Ich wusste, du würdest sie mögen!" von Nick, bevor ich mich schmunzelnd meiner Arbeit in der Küche zuwende. Ich liebe Kochen. Vor allem dann, wenn Rum im Spiel ist.

Playlist einwerfen, Schürze umbinden, noch schnell ein Schluck Rum, und los geht's. Ich werde Marillenknödel machen. Die, die man nicht so schnell vergisst. Oder man isst zu viele von ihnen. Dann vergisst man so einiges.

„...you want it now, and I want it loud..."

Geniales Lied. Marillen entkernen geht zu solchen Rhythmen viel schwungvoller.

„...tomorrow doesn't matter, come make me proud..."

Richtig interessant wird's bei meiner Geheimzutat. Wobei die nicht ganz so geheim ist. Man nehme: Einwegspritze mit dünner Kanüle, ziehe damit Rum (80%) auf und spritze das alles in die mit Teig ummantelten entkernten Marillen. Wo vorher der Kern war, ist jetzt Rum. Schnell noch das Einstechloch dichtrubbeln und fertig. Im Salzwasser kochen, in angerösteten Butter-Zimt-Bröseln schwenken, zwischendurch zur Musik ein bisschen mit dem Arsch wackeln, und fertig. Gedauert hat das jetzt eine halbe Stunde. Ha. Bestzeit.

Ich stelle den Jungs, die mittlerweile heiter am Geschichtenerzählen sind, die Knödel hin.

„Wuuhu! Danke, Oma!"

„Danke…Priska!"

„So, Schätzchens, was habe ich verpasst?"

Nick stupst Timothy an.

„Komm, erzähl ihr die Geschichten aus deinem Hühnerstall!"

Aha, Nachwuchsbauer.

„Sag nicht, du hast im Stall bei den Hennen geschlafen."

Nick versucht einen Lachanfall zurückzuhalten.

„Nicht? Ok. Ähm… die haben ein Ei gelegt, und du bist draufgestiegen."

Timothy schüttelt energisch den Kopf.

„Jetzt weiß ich's. Du hast dich mal auf eine Henne draufgesetzt und-"

Nick kringelt sich endgültig vor Lachen. Na ja, irgendwie dachte ich, er sei trinkfester. Kommt wohl nicht nach mir. Timothys Gestikulation nach ist er selbst aber auch nicht gerade mit Alkoholtoleranz gesegnet. Na, da haben sich zwei gefunden.

„Also... geile nicht-alte Schaschtel. Schachtel. ‚Hühnerstall' bezieht sich auf-"

„Einen Bauernhof."

„-meine Klasse. Mädchenklasse."

„Ach, die legen keine Eier?"

„Normalerweise nicht. Bei uns fliegen nicht die Federn, es fliegen höchstens die Fetzen."

„Diese Jugend von heute. Strippt sogar in der Schule. Und was würdet ihr Banausen dann erst in der Kirche so anstellen? Weihrauch rauchen?"

„Nein, ähm, die-"

„Komm schon, Schätzchen, lass dich nicht verarschen! Nun sag schon, was geht bei deinen Hennen?"

„Sie sind manchmal etwas - verhaltenskreativ."

„Gestört?"

„Trifft es auch ganz gut. Neulich im Sportunterricht haben sie über Leggins diskutiert. Du weißt schon, welcher Stoff am angenehmsten ist, Tragegefühl, bla, bla bla. Dann haben sie darüber philosophiert, wie das mit der Dehnbarkeit des Stoffes ist. Schlussendlich haben sie sich gegenseitig auf den Arsch gegriffen, um genau das rauszufinden."

„Und was bringt das? Schätzchen, um zu wissen, wie sich Gewand anfühlt, muss man es schon selber anprobieren."

„Ich weiß! Der Oberhammer aber war dann die alles verändernde Erkenntnis einer Mitschülerin, dass sie ihre Freundinnen jetzt alle blind anhand ihrer Ärsche erkennen könnte. Ist ja umwerfend, nicht? Ich meine nur, wenn ich schon jemandem auf den Arsch greifen will, dann muss ich mir schon eine bessere Ausrede als Leggins einfallen lassen."

„Einfach mal nachfragen würde auch gehen. Und du hast fleißig mitgemacht?"

„Natürlich nicht! Warum sollte ich?"

„Warum sollten deine Hennen?"

„Das, werte geile nicht-alte Schachtel, habe ich mich auch schon oft gefragt."

Nick schenkt ihm nach, und die beiden stoßen an. Ich schaue sie mir an, wie sie lachend und schmatzend meine Knödel verdrücken.

Die Sommerferien sind in greifbarer Nähe, und die Nächte werden immer wärmer. Weil es trotzdem finster ist, fülle ich noch Weingläser zur Hälfte mit Wasser - ich weiß, Schande über mich - und setze Teelichter hinein. Die Lichtstrahlen, die das Glas wie bei einem Kristallluster bricht, tanzen über den Balkon. Noch ist die Nacht warm vom Tag, doch das wird sich bald ändern. Ist im Prinzip aber auch egal, denn besoffen spürt man die Kälte sowieso nicht mehr. Also ich zumindest nicht.

„Oma, gibt es eigentlich das Tischchen in deinem Urwald von Garten noch? Du weißt schon, das mit den Sesseln, von-"

„Schätzchen, ich warne dich!"

„-denen du letztens runtergefallen bist?"

Timothy kichert leise.

„Ja, die stehen noch immer hinten. Was soll ich denn sonst damit tun? Sie in den Keller räumen?"

„Na, die würden doch prima zu den Ketten und Peitschen passen!"

Wie ist er mir denn da dahinter gekommen?

„Ist ja auch egal, dürfen wir die Knödel mitnehmen?"

„Wo willst du hin? Ist doch hier auch ganz nett!", gestikuliert Timothy herum.

„Komm, ich zeig dir den Garten!"

Mein Enkel schnappt sich Timothy und sie stolpern mit den Knödeln und den noch vollen Gläsern in Richtung Obsthecke. Die kann ich abschreiben. Also, die Knödel. Aber den Rum habe ich noch.

„Danke, Oma!"

„Danke, Schachtel - ähm - Priska!"

Timothy

Der Garten ist wirklich ein Urwald. Durch die Dämmerung verschwimmen die Umrisse der einzelnen Gewächse ein wenig. Nick führt mich zu einer kleinen Lichtung, in der ein paar alte Bäume stehen. Zwischen zwei Tannen ist eine Hängematte gespannt, und unter einer hohen Trauerweide steht ein kleines, rundes Mosaiktischchen mit zwei storchbeinigen Sesseln. Nick lässt sich auf einen der Sessel plumpsen und stellt den großen Teller mit den Knödeln auf den Tisch. Ich setze mich zu ihm. Langsam erwachen Glühwürmchen zum Leben.

„Hier, nimm dir noch was!"

Irgendwie haben wir das Besteck vergessen.

„Wenn du mir sagst, wie, gerne."

„Natürlich so!"

Er nimmt sich einen Knödel und beißt einfach davon ab. Ok, da hätte ich auch selber draufkommen können. Egal.

„Deine Schwester weiß nicht, dass wir auf der Pride waren, oder?"

„Ich denke nicht. Sonst hätte sie mich nach Strich und Faden danach ausgefragt."

Ich weiß nicht, warum, aber ich muss kichern. Könnte am Wein liegen. So, und jetzt noch ein Knödel.

„Das glaube ich dir. Weiß sie eigentlich, dass du schwul bist?"

Oha.

„Was?"

„Du stehst doch auf Männer, oder? Sonst ist das jetzt der Moment, in dem ich mir furchtbar peinlich vorkommen muss."

Was sage ich jetzt?

„Sorry, Timothy, ich wollte dir nichts unterstellen. Tut mir leid. Wobei das ja nicht einmal eine Beleidigung ist. Tut mir trotzdem leid. Ich dachte einfach - Mann, jetzt quatsche ich gerade so viel wie deine Schwester, oder?"

„Schon irgendwie."

„Ups. Na ja, ich dachte das, weil du vorgeschlagen hast, auf die Pride zu gehen. Hätte ja sein können."

Betreten starrt er in sein Weinglas. Jetzt nichts zu sagen wäre eine Lüge.

„Aber du hast recht mit deiner Schlussfolgerung."

Sein Blick hellt sich auf.

„Uff, und ich dachte schon, mit meiner Frage zu weit gegangen zu sein."

„Bist du nicht. Ist ok."

Wirklich.

„Also weiß deine Familie nichts davon?"

Ich schüttle den Kopf.

„Nicht einmal deine Schwester?"

„Sie weiß es nicht offiziell. Aber ich denke, sie vermutet es. Sie hat einmal eine Andeutung gemacht, dass es ihr egal wäre, mit wem ich zusammenkomme."

„Also wenn sie bei der Pride mitgewesen wäre, hätte sie dich sicher mit Samuel verkuppeln wollen. Ich glaube, ihr würdet euch gut ergänzen."

Zwei Sätze, die nett gemeint sind. Zwei Sätze, die nur aus seinem Mund nett gemeint und gleichzeitig so schmerzhaft sein können.

„Ich weiß nicht. Ich glaube, wir sind zu verschieden."

„Auch nicht schlimm. Kopf hoch, du wirst deinen Traumprinzen schon noch finden!"

Der Fehler in seinem Satz liegt in der Zeitform. Sein Satz bezieht sich auf die Zukunft.

„Hoffentlich. Danke."

Mich überkommt das Gefühl, dass es vielleicht, auch nur vielleicht, jetzt gerade passend wäre, noch mehr Wein zu trinken. Einfach so.

„Sag mal, würde es deine Oma stören, wenn ich die angebrochene Weinflasche schnell hole?"

„Sicher nicht. Warte hier, ich hole sie uns."

Er steht auf und bewegt sich sicher (zumindest was den Weg betrifft) durch das Dickicht, das um die Lichtung herum wuchert.

Komisch, denke ich mir. Er ist der erste Mensch, dem ich anvertraut habe, dass ich wohl nie eine Frau lieben werde. Nichts hat sich geändert. Ich sitze immer noch hier, kein Blitz hat mich getroffen und die Welt dreht sich immer noch weiter. Wahrscheinlich. Sonst ist es mein Kopf, der sich dreht. Kein Engel ist gestorben, der Boden hat mich nicht verschluckt und meine

Schwester - ja, die wird mich lynchen, dass sie nicht die Erste war, der ich es erzählt habe.

Scheiße. Cyan.

Schnell taste ich meine Hose nach meinem Handy ab, kann es aber nicht finden. Liegt also noch auf dem Tisch.

„Ich habe Mineralwasser auch noch mitgenommen, aber das werden wir hoffentlich nicht brauchen."

„Sicher nicht. Hast du dein Handy dabei?"

„Klar!"

Unaufgefordert streckt er es mir hin.

„Danke."

Ich wähle etwas ungeschickt Cyans Nummer und hoffe, sie nicht aufwecken zu müssen.

„Cyan? Hallo? Schläfst du schon?"

„Also, Kleiner. Erstens, ‚Schläfst du schon?' ist eine ziemlich unnötige Frage. Zweitens, warum zum Kuckuck sollte ich um acht Uhr abends schon schlafen? An einem Freitag!?"

Ach. Es ist erst acht? Egal.

„Tschuldigung, habe mich in der Uhrzeit vertan. Könntest du uns bitte um, also um äh-"

„Mitternacht!"

„-um Mitternacht holen?"

„Geht klar. Schickt mir noch die Adressen von dieser Oma und wo ich Nick abliefern soll. Viel Spaß noch!"

„Danke, Cyan."

Ich lege auf und gebe Nick sein Handy zurück.

„Perfekt. Echt nett von Cyan, dass sie uns holt."

Er stellt einen Wecker auf fünf vor zwölf und schreibt Cyan die Adressen.

„Das stimmt. Ist Priska eigentlich drinnen?"

„Vermutlich versteckt sie sich mit einem Fernglas hinter dem Dachfenster und beobachtet amüsiert, wie sich zwei Jugendliche in ihrem Garten betrinken."

„Echt?"

„Natürlich nicht!", lacht Nick. Es ist die Art von Lachen, wo ich einfach mitlachen muss. Ich kann nichts dagegen machen.

„Darf ich?"

Er hält die Weinflasche über unsere Gläser auf dem Mosaiktischchen.

„Aber nur, weil du es bist."

Ich liege auf dem Boden. Wie ist das noch mal schnell passiert? Ah ja. Etwas später, nachdem wir uns den letzten Knödel geteilt hatten („Haben wir die jetzt echt alle aufgefuttert? Krass!"), stand Nick auf und zeigte mir den Garten. Ist gar nicht so leicht im Dunkeln, aber machbar. Wir schaffen alles. Irgendwie. Also da waren doch diese Kirschbäume, die jetzt schon reife Kirschen tragen. Ich konnte nicht anders. Ich musste unbedingt eine von diesen Kirschen haben. Blöd nur, dass die so weit oben hingen. Einen Fuß vor den anderen bin ich dann diesen Baum hinaufgeklettert (wie sonst, ha-ha), zuerst der Ast, dann der - nein, das war der - egal - und dann wollte ich mir diese eine Kirsche nehmen, aber die war plötzlich nicht mehr da. Oder ich war nicht mehr da. Wobei - das ist doch dasselbe. Eigentlich. Ja und jetzt liege ich auf diesem Boden. Nüchtern betrachtet ganz weich. Besoffen betrachtet eigentlich auch. Was geht gerade ab? Ah ja. Kirschen. Habe ich mir einen Zahn ausgeschlagen oder ist das ein Kirschkern? Und wieso habe ich eine zweite Kirsche in der Hand?

Der Mond leuchtet hell. Ist mir nie aufgefallen. Nie so wirklich. Wobei der nicht leuchtet. Der ist einfach nur da und wirft Licht zurück, das die Sonne auf ihn strahlt. Hab' ich zumindest mal gehört. Ich muss die Sonne nicht sehen, um in ihrem Licht baden zu können. Schön ist der Mond. Aber nur wegen der Sonne. Ich wäre auch gerne eine Sonne. Aber Sonnen sind einsam. Die haben keinen Nick. Ich möchte doch keine Sonne sein.

Ich bin müde. Nick sicher auch. Er gähnt mindestens genauso oft wie ich. Unsere Gespräche füllen lebhaft die Zeit zwischen dem Gähnen. Fühlt sich aber an, als ob gar nicht ich mit ihm reden würde, sondern jemand anderer. Direkt komisch. Sind doch nur wir zwei da. Und der Tisch. Und ein leerer Teller. Aber was zum Essen wäre jetzt echt perfekt. Was Warmes. Kalt ist mir eigentlich auch schon. Glaube ich zumindest. Auf jeden Fall ist es nicht mehr so warm wie am Tag. Hat Logik. Mir ist kalt. Plötzlich sind da eine Decke und mein Handy. Keine Ahnung, wo die herkommen und seit wann die da sind, aber mir wird zumindest ein bisschen wärmer. Immerhin. Fehlt nur noch das Essen.

„Kann deine Schaschtel auch Chili mit Carne? Mit viel Faschiertem drinnen? So richtig ... - Nick?"

„Hm?"

Weggenickt. Einfach so.

„Sorrywashastdugesagt?"

„Ob deine Schaschtel es kann, also viel Faschiertes im faschierten Chili mit Carne?"

„Keineahnung. Ich bin echtmüde, dunicht?"

„Doch."

„Ich willindie Hängematte. Habenwir...nein, keinezweite Decke."

„Nimm meine, warte, eigentlich deine, oder? Also...nimm." Ich strecke ihm die Decke hin. Kalt.

„Aber dannwirddir, warte, dukommstmit."

Er schnappt die Decke mitsamt meiner Hand, ich stolpere quer über das kleine Tischchen und Nicks Sessel („Wow, der Teller lebt noch!" - „Wir auch?") und wir verstricken uns irgendwie in dieser Hängematte. Wirklich wunderbar gemütlich. Warm.

Das piepende Schreien einer elektrischen Herdplatte könnte nicht schlimmer sein. Und das Gefühl, von ihr zu Boden geworfen zu werden, auch nicht. Ach, ich liege tatsächlich auf dem Boden. War da nicht mal was? Nick rappelt sich auch auf vom kalten Untergrund. Und sein Handy läutet. Schade. Hatte einen schönen Traum.

„Komm, wirmüssenzur Straße!"

„Jaja..."

Er hilft mir auf und ich muss kichern. Einfach so. Ganz spontan. Nick sieht mich fragend an. Bis er den Witz dahinter erkennt (vielleicht kann er ihn mir ja mal erklären, ich komm grad nicht mehr mit) und selber zu kichern beginnt.

„Pssst, Nick, wir müssen leise sein!"

„Wir müssen leisesein? Wieso?"

„Weil Schaschtel vielleicht schon schläft!"

Nick kriegt einen Lachanfall.

„Oma und jetztschonschlafen? Von Mr.Grey gibt's dreiteile. Also, imfilm."

„Na dann…"

Verhalten lachend (wieso lachen wir eigentlich???) bahnen wir uns unseren Weg halb aufeinander gestützt durch das Gestrüpp. Irgendwie matschig der Boden. Egal. Nachdem wir ganz sicher und sicher ganz unauffällig am Balkon vorbeigeschlichen („Achtungkirschbaum!") sind, müssen wir nur noch am Haus vorbei. Mir wird wieder kalt. Ich will zurück in die Hängematte.

Auf einmal ist es wärmer. Oha, wir sitzen hinten in Cyans Auto. Und ich rede irgendwas. Wird wohl nicht so wichtig sein. Und dann redet meine große Schwester.

„Sag mal, Nick, was genau habt ihr heute eigentlich alles an Getränken vernichtet?"

„Wir habenmit Oma Rum gemacht. Alsonein, sie hat Rumgemacht inden Knödeln. Warte… sie hat Rum in die Knödel gemacht. Ja."

Er nickt selbstbewusst mit seinem Kopf.

„Aha… und habt ihr sonst noch was gemacht?"

„Dann kam der Spritzer", schalte ich mich ein, um die Situation zu retten. „Und-"

„Jungs, wisst ihr was, ich stelle euch heute besser keine Fragen mehr, ok?"

„Issok."

„Ja."

Irgendwie habe ich es in mein Bett geschafft. Alleine. Alles andere hätte ich mir gemerkt. Ich liege also da und könnte mich mit meinen Berührungsängsten unterhalten, warum sie heute so ganz und gar nicht ihre Arbeit geleistet haben. Muss wohl an der Gewerkschaft liegen. Liegen - ist echt gemütlich so ein Bett. Schaukelt wie die Wolken. Oder die Hängematte mit Nick. Das war eine gute Idee von ihm. Wäre jetzt echt schön, wenn er auch hier wäre. Na gut. Unterbewusstsein, du hast gewonnen. Ich will, dass er hier wäre. Hier ist. Oder so. Mir ist zwar sicher nicht mehr kalt, aber ich will ihn trotzdem hier. Wegen der Wärme. Ich habe gemerkt, dass nur er mir eine Wärme geben kann, die nichts mit der Temperatur zu tun hat. Seine Wärme.

Hilfe. Was ist gestern Abend und Nacht eigentlich passiert? Es ist Samstagmorgen. Ich liege hier in meinem Bett, das sich anfühlt wie ein Karussell, und begreife immer noch nicht ganz, wo all die blauen Flecken auf meinem Körper herkommen. Bin ich echt von diesem bescheuerten Baum gefallen? Habe ich wirklich im Gemüsebeet gelegen und mit der Sellerie geredet?

Habe ich allen Ernstes einen Gartentisch samt Sessel niederge-
rannt? Und hat sich Nick wirklich eine Hängematte mit mir geteilt? Fragen, die ich mir nicht so leicht beantworten kann. Nicht
in aller Vollständigkeit. Ich glaube, manche davon will ich mir
nicht beantworten. Vielleicht beantwortet sie mir die Sellerie.

Was sich nicht abstreiten lässt, ist, dass es ein schöner Wo-
chenendbeginn war. Und daran sind im positiven Sinne Nick
und Priska schuld. Priska. Die Alte ist wirklich nicht mehr ganz
dicht. Aber ich mag sie. Sie ist (mit Ausnahme von meiner
Schwester Cyan und Nick) völlig anders als die Menschen, die
ich normalerweise um mich habe. Angenehm anders. Schlagfertig anders. Wunderbar verrückt anders. Was ich ihr auf alle
Fälle lassen muss: Diese Rumknödel sind der Hammer. Sowohl
im Bezug auf den Geschmack und natürlich den Rum. Es
kommt doch wirklich immer auf die inneren Werte an.

Gestern sind einige Dinge geschehen, von denen ich nicht
dachte, dass sie geschehen werden. Dass sie so plötzlich geschehen. Ich hatte nicht vor, Nick zu erzählen, dass ich auf Männer
stehe. Trotzdem bin ich ihm dafür dankbar, dass er mich einfach gefragt hat. Das hat vieles einfacher gemacht. Ich bewundere seinen lockeren Umgang mit - einfach allem. Wie es
kommt, so kommt es. Er macht das Beste daraus. Mich berührt
die Tatsache, dass er zwischen vorher und nachher keinen Unterschied gemacht hat. Ist meiner Meinung nach auch die dank-
barste Reaktion, die Freunde zeigen können. Ich stehe vielleicht
jetzt in anderem Licht da, doch ich habe mich nicht verändert.
Nicht in den paar Minuten, in denen wir darüber geredet ha-

ben. Sollte ich mich in Zukunft verändern, wird das nichts damit zu tun haben, dass er mein Geheimnis kennt. Dass er mich kennt.

„Na Kleiner, gestern hast du dir deine letzten Gehirnzellen aber sehr erfolgreich weggespült."

„Danke, Cyan. Immer für ein paar aufbauende Worte zu haben, was?"

„Immer wieder gern. Aber ich kann dich verstehen. Mir wäre auch fad, wenn ich bei so einer alten Frau,-"

Alt? Sicher nicht mental.

„-die den ganzen Abend wahrscheinlich nur Tischdeckchen strickt-"

Nein, der Film war durchwegs interessant.

„-und ihre Katze streichelt, wäre. Da würde ich mich auch an so manche Weinflasche ranschmeißen. Der Geruch danach war echt nicht zu übersehen."

„Du siehst Gerüche? Soso."

„Ach, Klappe, Kleiner, du weißt, wie ich das meine. Aber komm, jetzt erzähl doch mal was!"

„Ja, wie denn, wenn du immer am Reden bist?"

Cyan möchte etwas kontern, reißt sich zusammen und bedeutet mir zu reden.

„Also. Die Kurzfassung lautet: Wir haben auf Netflix einen Film gestreamt-"

„Welchen?"

„Menschliche Verhaltensstudie. Kann ich jetzt bitte ausreden, wenn ich schon mal spreche? Dann hat Priska Marillenknödel mit Rumfüllung gekocht und wir haben uns alle gemeinsam einen Wein gegönnt."

„Einen?"

„Einen zu dritt."

„Und zu zweit?"

„Ich habe das Tuch des Vergessens darüber gebreitet, Schwesterlein."

„Na, ich an deiner Stelle könnte mich da auch nicht mehr daran erinnern. Und jetzt schau nicht so schuldbewusst!"

„Tu ich doch gar nicht!"

„Doch, hinter deinem Pokerface versteckt sich ein schuldbewusster kleiner Timothy."

Erwischt. Sie kennt mich schon zu lange. Jetzt lacht sie mich aus. So viel zum Thema Geschwisterliebe.

„Krieg dich ein, Cyan, ich…"

„Komm, sei leise und freu dich über deinen ersten Totalabsturz bei einer Oma, die euch komplett abgefüllt hat! Glaubst du, ich war früher so unschuldig, wie ich aussehe?"

„Du siehst nicht unschuldig aus."

„Das täuscht."

„Nein, tut es nicht."

„Na gut, gewonnen. Ich bin die große böse Schwester, vor der sich alle fürchten."

„Klingt ehrlich."

„Ist es vielleicht auch. Ich gehe in den Keller mein Klavier malträtieren. Kommst du mit deinem edlen Stück Holz und gespannten Pferdehaar mit?"

Zacharius

- 11. Kapitel -

Das Innerste

Leg das Messer, nimm das Messer, halt das Messer weg von mir
Nimm das Messer leg das Messer wetz das Messer weg von hier

Alleine. Wieder einmal.
Alleine in dem Dachgeschoss des Hauses. Meines Hauses. Warum?
Weil das scheinbar Innerste zum Äußersten wird. Trostlos, mit
Wertlosem vollgestopft, entbehrlich.
Wie oft? In Gedanken immer. Immer wieder. Warum? Weil das
Innerste unantastbar ist. Und bleibt. Wo nichts ist, kann nichts
sein und nichts bleiben. Nur etwas entstehen.

Leg das Messer, nimm das Messer, halt das Messer weg von mir
Nimm das Messer leg das Messer wetz das Messer weg von hier

Kälte. Wieder einmal.
Bevor etwas entsteht, ist nur Kälte. Meine Kälte. Warum? Ohne
Wärme bleibt das Kalte für immer kalt. Und ohne Kälte wird Wärme
nie wahrnehmbar sein. Doch ohne Wärme kann es Kälte nie geben.
Wo bin ich? Was war ich? Wer bin ich? Wer werde-

Leg das Messer, nimm das Messer, halt das Messer weg von mir
Nimm das Messer leg das Messer wetz das Messer weg von hier

Zerrissen. Wieder einmal.
Und doch nicht wirklich. Bevor etwas zerreißt, muss einmal etwas
vollständig gewesen sein. Warum? Wo nichts vollständig war,
kann nichts zerreißen. Nur eine Fassade einstürzen. Und die
Mauer offenbaren. Was war hinter der Mauer? Was ist vor der
Mauer?
Werde ich die Mauer sein?

Leg das Messer, nimm das Messer, halt das Messer weg von mir
Nimm das Messer leg das Messer wetz das Messer weg von hier

Halt finden. Wieder einmal.
Wer Halt findet, hat ihn schon einmal verloren. Warum? Um zu
finden, muss ich verlieren. Verloren habe ich noch nicht. Eine
Fassade kann man nicht verlieren. Nicht wirklich. Gefunden habe
ich noch nicht. Wirklich finden kann man nur Äußeres.
Das Innerste verborgen. Wo finde ich das? Woran erkenne ich das?
Wann spüre ich es?

Leg das Messer, nimm das Messer, halt das Messer weg von mir
Nimm das Messer leg das Messer wetz das Messer weg von hier

Tief drinnen. Noch niemals.
Woran erkenne ich es? Erkenne ich es? Werde ich es erkennen?
Werde ich es erkannt haben? Wird es mir noch etwas nutzen, es

erkannt zu haben?

Wo nichts ist, kann nichts sein. War hinter der Mauer das Innerste verborgen? Noch niemals.

Das Innerste lässt sich formen so leicht,
wenn Nichts den Gedanken, den Träumen weicht.
Hand in Hand gehen Tod und Glück,
zu mir, dem Nichts, muss ich nie zurück.
Was war, was sein wird, was ist und bleibt,
ist das Messer, ganz fremd, alle Zeit.
Alle Zeit, ganz fremd, gemessen an Gier,
war es, das Messer, im Spiegel vor mir.
Tief drinnen in mir waren Nichts und Schweigen,
doch das Messer verspricht, das muss so nicht bleiben.
Ich leg das Messer, ich nehm das Messer, ich halt das Messer
weg von mir -

Ich lege den Stift weg. Er rollt über den Tisch und bleibt liegen. Kurz vor der Kante. Mir würde es gefallen, den sich immer wiederholenden Refrain des Gedichts hier abzubrechen. Ich weiß nur noch nicht, wie es dann weitergeht.

Ich gehe in die Küche zu der Lade mit den Kochbüchern. Sollte in dieser Küche gekocht werden, bin ich es, der die ganze Arbeit hat. Meist blättere ich die Bücher aber nur durch und stelle mir vor, wie solche Gewürze wie echte Vanille, Safran oder Kurkuma schmecken. Die Bücher stimmen mich traurig. Es ist schön, meinen Sinnen freien Lauf zu lassen und mir vorzustellen, wie unverfälschtes Curry duftet oder pure Zitronenzesten schmecken. Aber ich möchte das auch ausprobieren. Wie Kinder, die sich etwas wünschen und das dann auch bekommen. Einen Teddy. Oder Ähnliches. Da ist jemand, der es ihnen vergönnt ist. Da ist jemand, der ihnen das kaufen kann. Da ist jemand, der ihnen das besorgen wird. Hier bin nur ich.

Ich öffne die Lade und lege mein schwarzes Heft der Gedichte unter das erste Kochbuch. Hier findet es niemand, denn niemand findet es notwendig, in die kleine Küche zu gehen. Niemand kennt dieses Büchlein. Es weiß mehr über mich als alle meine Mitmenschen zusammen. Man kann in niemandes Kopf hineinsehen. Man weiß nie, was darin vorgeht. Ich weiß, was in mir vorgeht, und diese schwarze Vereinigung an Blättern weiß es auch. Aber niemand kennt das Büchlein. Ich weiß, dass mich auch keiner kennt. Niemanden interessiert meine Vergangenheit. Warum sollte sie auch? Ich kenne mich. Das Sichtbare. Das, was ganz tief in mir drinnen ist, muss ich noch kennenlernen. Das kann ich aber nicht alleine. Ich brauche Hilfe dafür. Hilfe von jemandem, von dem ich keine Hilfe oder Liebe erwarten darf.

Ich setze mich ans offene Klavier. Der Blick auf die Tasten erinnert mich unwillkürlich an Cyan und ihren Bruder. Er war es, der mich bei dem Informationsblatt gesehen hat. Wenn er es Cyan erzählt, macht sie sich Sorgen oder will mich nicht mehr unterrichten. Ich will nicht, dass sie denken, ich bräuchte Hilfe von Schulpsychologen. Sie halten mich sonst noch für krank. Sich auch nur zu erkundigen, ist nicht normal, macht mich andersartig. Der Junge hat heimlich lesen wollen, was auf der

Türe stand. Er ist ein miserabler Schauspieler. Ich sollte ihn dafür hassen, dass er glaubt, das Recht zu haben, sich dafür interessieren zu können, was ich mir anschaue. Und ich werde nichts gegen dieses Gefühl tun.

Heute Vormittag war ich wieder bei Cyan. Dieses Mal habe ich fast gar nichts mehr geredet. Sie hat bezüglich Violett auch nicht mehr nachgefragt. Gut so. Ich bin es leid, ihr Dinge erklären zu müssen, von denen sie nichts versteht. Liebe durch Freundschaft ersetzen? Sie versteht mich nicht. Aber ich kann ihr keinen Vorwurf machen. Niemand versteht mich. Ich will nicht mit Menschen reden, die mich nicht verstehen. Bei ihnen weiß ich nie, was sie von mir wollen. Ich höre die Worte, habe aber nicht den Drang, reagieren zu müssen. Das hat zu meinem Entschluss, nur noch das Nötigste mit Cyan zu reden, geführt.

Mein Großvater geht mir nicht aus dem Kopf. Seine erste Frau war meine Großmutter. Sie sind beide schon tot. Seine zweite Frau ist Violetts alte und schwache Großmutter. Violett ist tatsächlich nur zur Hälfte meine Kusine, aber wir beide stammen von dem Mann mit den zwei Frauen ab. In Kindertagen haben meine Schwester und ich viel Zeit mit ihr verbracht. Wir waren nicht unzertrennlich, aber wir wussten, nichts würde unser Dreiergespann zerreißen. Wie sehr sich Kinder irren können! Violett musste in eine andere Mittelschule, ich habe sie erst wieder im Gymnasium getroffen. Meine Schwester musste viel zu schnell erwachsen werden. Und ich glaube nicht mehr, es wert zu sein, Freunde zu haben.

Ich verabscheue diesen Mann mit den zwei Frauen. Erzählungen zufolge hat er sich nie für die Vergangenheit oder die Zukunft interessiert. Wie verantwortungslos und egoistisch! Schon zu Lebzeiten hat er viele Herzen gebrochen. Seine narzisstische Denkweise hat damals schon viele Tränen beschworen. Durch seine Untreue hat er, ohne es zu wissen, auch das Herz seines Enkels gebrochen. Doch ich weine nicht mehr. Weinen ist ein Signal, und wenn es keiner wahrnimmt, unnötig.

Mein Vater liegt in seinem Zimmer. Ich habe ihm das Mittagessen auf den Nachttisch gestellt und das beinahe lieblos ignorierte Teller vom Vortag wieder mitgenommen. Er hat das Essen, das ich gekocht habe, zumindest probiert. Ich weiß nicht, was er den ganzen Tag macht. Ich kann es nur vermuten, denn ich habe aufgegeben zu fragen. Früher hat er als Schriftsteller viel nachgedacht, doch ich glaube, dass er jetzt nichts anderes mehr macht.

Die Monate und Jahre nach Mutters Tod hat er sich sehr um uns Kinder bemüht und nur Zeit zu Hause verbracht. Selbst als wir größer geworden sind, hat er das Haus nur selten verlassen. Seine Freunde sind ihn oft besuchen gekommen, doch das hat mit der Zeit auch aufgehört. Sie sind es müde geworden, sich immer nach ihm richten zu müssen. Ich kann es ihnen nicht verübeln. Ich hätte genau wie sie gehandelt. Blass liegt unser Vater hinter zugezogenen Vorhängen da und verlässt das Zimmer nur noch, um ins Bad zu gehen. Wenn er redet, klingt seine Stimme rostig und ungeübt. Seine Bewegungen sind starr, und der Blick ist eingefroren in der Zeit und den Gedankenstrudeln, denen er immer nachhängt.

Beim Waschen der Teller lege ich eine CD in unseren alten CD-Player. Das erste Lied der Musicalsammlung ist das Stück „Unstillbare Gier" aus „Tanz der Vampire". Ich kenne jede Zeile auswendig. Der Text ergreift mich. Er hat dieselbe Wirkung wie das eigene Spielen der Lieder am Klavier.

Nick

12. Kapitel

„Und, wie hat's dir bei Oma gefallen?"

Timothy und ich sitzen auf unseren Steinen beim Steinstrand und lassen unsere Füße ins Wasser baumeln.

„Deinem strahlenden Gesicht zufolge weißt du die Antwort schon, oder?"

„Eigentlich schon. Aber ich will sie von dir hören."

„Du hast die geilste Oma auf Erden, und die hat den besten Wein und die verführerischsten Knödel."

„Wiederholungsbedarf?"

„Wiederholungsbedarf!"

Ich nehme einen Stein und werfe ihn ins Wasser.

„Wie läuft's in der Arbeit?"

„Die Kinder fragen nach dir. Willst du nicht wieder mal vorbeikommen?"

„Nächste Woche nach der Schule vielleicht. Soll ich mich anmelden oder einfach kommen?"

„Bitte komm einfach. Du weißt, dass du bei uns immer willkommen bist."

„Hat Priska euch schon einmal besucht?"

Hat sie. Einen bestimmten Tag vergesse ich sicher nicht. War irgendwie ganz lustig.

„Ja. War aber nicht ganz so passend, dass sie zu Hause keine Luftballons mehr gefunden hat und stattdessen im Auto noch schnell Kondome für die Kinder aufgeblasen hat. Die Kinder haben's natürlich nicht mitbekommen, was Oma im Vorhinein klar war. Miss Molly aber hat die Augen übergedreht und gefragt, was das denn für eine verrückte Alte sei. Dann hat sie mitbekommen, dass Priska Bärbls und meine Oma ist und die Kinder ihren Spaß an den „Luftballons" hatten. Seitdem hat Oma Bärbl und mich bis zu Bärbls Tod regelmäßig vormittags besucht."

„Jetzt nicht mehr?"

„Wir haben uns ausgemacht, dass ich sie jetzt regelmäßig besuchen werde. Zumindest solange ich keinen Billigwein mitbringe."

„Nimm ihr Rum mit."

„Daran habe ich auch schon gedacht. Aber in Zukunft koche ich einmal für uns drei vor, dann ist das Essen weniger gefährlich."

„Sicher?"

Mit unschuldig hochgezogenen Augenbrauen schaut er mich an.

„Ich koche normalerweise ohne Alkohol. Den gibt's bestenfalls aus Flaschen als Nachtisch."

„Ist alleine trinken nicht komplett frustrierend?"

Schon irgendwie. Das lässt sich aber ändern.

„Hey, weißt du was? Komm doch mal zu mir in die Wohnung, dann kochen wir gemeinsam."

„Damit das wieder in einem kompletten Besäufnis gipfelt? Ich weiß nicht."

„Ach, komm schon. Wenn du nichts trinken willst, können wir auch eine herkömmliche Nachspeise backen. Oder einfach Eis essen. Was sagst du?"

„Überredet."

Ich schaue auf mein Handy, um die Uhrzeit zu checken. Ich habe keine Uhr. Uhren stressen nur und erinnern mich dauernd an die Zeit.

„...sicher, dass wir hier richtig sind? Du warst noch nie eine große Leuchte, was Routen finden betrifft."

„Sei leise, sonst hören wir sie nie. Hast du schon eine kleine Rauchsäule entdeckt?"

„Nein. Aber gemeinsam danach Ausschau zu halten wäre sicher sinnvoller, als auf Google Maps zu suchen. Hast du hier überhaupt Empfang?"

„Psst, mein Handy muss sich konzentrieren."

Pünktlich auf die Minute. Ich stupse Timothy, der abwesend das Wasser beobachtet, an.

„Komm, wir sollten Samantha und Samuel holen, die irren sonst noch in hundert Jahren hier herum."

Wir stehen auf und bahnen uns unseren Weg durch die Weiden.

„...Samuel, sag mal, sind wir überhaupt in der richtigen Ortschaft? Immerhin bist du gefahren..."

„Aber du hast navigiert! Also wenn wir gleich auf ein verstecktes Atomlager träfen, würde es mich auch nicht wundern."

Schlagfertig wie damals.

„Ein Atomlager werdet ihr hier nicht finden, dafür seid ihr in die Arme von den bekifften Terroristen gelaufen", sage ich und hebe die Hand. „Hi, Leute!"

Samantha dreht erleichtert die Augen über, und Samuel, diesmal herkömmlich gekleidet und ungeschminkt, stützt eine Hand in seine Seite.

„Also in diese Arme laufe ich gerne."

Er umarmt uns zur Begrüßung, nimmt seinen Rucksack herunter und kramt altes Zeitungspapier heraus.

„Ich als seine bessere Hälfte kann euch garantieren, dass ihr ihn spätestens ab jetzt nicht mehr loswerdet."

Gespielt genervt dreht sich Samuel, das zusammengerollte Papier wie ein Zepter in der Hand, wieder zu Samantha.

„Ja, und ich werde dich nicht mehr los! Ist wie bei Straßenhunden. Gib ihnen einen Spitznamen und sie verfolgen dich!"

„Tja, Pech für dich!", erwidert sie und streckt Samuel die Zunge heraus. „Hallo. Werden wir zwischen den Bäumen am Ufer grillen?"

„Klar! Oder willst du die Wiese hier niederfackeln?"

Sobald das Feuer zu einer anständigen Glut geworden ist, wickeln wir Pizzateig um Stöcke und legen Würste auf einen flachen, heißen Stein mitten in der Glut.

„Musik wäre jetzt der Knaller. Ihr habt nicht zufällig Empfang hier, oder?"

Vergebens tippt Samuel auf seinem Handy herum.

„Empfang nicht, aber du könntest deine Ukulele holen."

Schon wieder die unschuldig nach oben gezogenen Augenbrauen von Timothy.

„Also ein Duett mit einer Geige würde ich nicht ablehnen", kontere ich.

„So ein Pech, dass ich nur Violine spiele…"

Samantha sieht von ihrem verkohlten Teigklumpen auf.

„Ihr habt nicht gesagt, dass ihr Musiker seid!"

„Na ja, ich kann's eigentlich nicht wirklich."

Ich drehe mich zu Timothy.

„Und dich habe ich noch nie spielen gehört."

„Vielleicht lasse ich mich mal auf ein Duett ein."

„Das wär cool!"

Samantha lehnt sich an Samuel und startet den nächsten Versuch, rohen Pizzateig so halbwegs essbar werden zu lassen.

„Wirst sehen, in ein paar Jahren läuft ihre Musik in den Radios, und wir oxidieren gemächlich in unserer Arbeit."

„Ich mach als Schlagzeuger mit, wenn ihr eine Band gründet. Krawall machen kann ich", überlegt Samuel.

„Ich werd's mir merken. Was arbeitet ihr zwei eigentlich?"

Ohne von ihrem zweiten halbverkohlten Teigstück aufzusehen, antwortet Samantha: „Jedenfalls nicht als Köchin. Ich bin Frisörin. Und ein gewisser Jemand hier-", sie rempelt Samuel mit ihrer Schulter an, „-lässt sich die Haare immer umsonst schneiden."

„Du stehst drauf."

„Tu ich nicht!"

„Du machst es gern. Für mich."

„Jetzt hast du's. Und nur damit du es weißt: Wenn ich in der Werkstatt deines Chefs keinen Freundschaftsrabatt kriege, verschneide ich ihm die Frisur. Der kommt auch immer zu mir. Aber so wie der aussieht, nimmt der Motoröl als Gel. "

Sie wuschelt Samuel die Haare durch und lässt ihren Kopf dann gegen seine Schulter sinken.

„Echt, Samuel, jeder Stein ist weicher als du."

„Aber nicht so schön warm."

„Auch wahr. Glaubst du, kann man das essen?"

Sie hält ihm den an der Spitze orange glosenden Stecken mit dem etwas zu schwarzen Teig hin.

„Also, wenn du mich fragst, gleicht das eher einer Fackel als Steckerlbrot."

Nach dem Essen („Uff, ich habe gefühlt 5 Kilo zugenommen" - „Optisch sind's 10") gehen wir Brennholz sammeln. Samantha geht mit Timothy flussaufwärts, und Samuel geht mit mir flussabwärts. Wir haben schon über weiß Gott was alles geredet, nur ein Thema habe ich bewusst vermieden. Ich wollte Timothy nicht nervös machen.

„Samuel, darf ich dich einfach mal was fragen?"

„Natürlich. Erwarte dir aber keine Antworten in Zentimetern. Sorry, den Witz musste ich jetzt bringen. Schieß los."

„Bist du Single oder vergeben?"

„Single. Warum?"

„Mich würde interessieren, ob dir eine Freundin oder ein Freund lieber wäre."

„Schwierige Frage. Möchtest du die Antwort in voller Länge?"

„Bitte."

„Also. Weißt du, Nick, woran ich denke, wenn ich die Wörter ‚hetero' oder ‚homosexuell' höre? Ich denke an Schubladen. Schwarz-weiß-Darstellungen von Menschen. Auch Wörter wie ‚queer' oder ‚bisexuell' ordnen uns in Kategorien ein. Sortieren ‚die anderen' aus. Siehst du? Sobald ich glaube, mich übergeordnet definieren zu müssen, gibt es auf einmal ‚die anderen'. Die eine Seite wird abgegrenzt und die andere herausgehoben. Wer welche Seite abgrenzt oder heraushebt, liegt an der Person selbst. Kommst du noch mit?"

„Noch geht's. Erzähl weiter!"

„Selbst wenn man in Filmen oder Büchern beispielsweise Lesben oder Schwule besonders positiv gefärbt darstellt, trägt das nicht wirklich zur Selbstverständlichkeit bei. Hier wird herausgehoben. Weißt du, die unterste Schiene ist Ablehnung. Mit etwas Glück wird so etwas wie Toleranz erreicht. Aber was ist Toleranz?"

Samuel verstellt die Stimme und spielt einen alten Menschen.

„Was, zwei Männer, die sich küssen? Na gut, kocht euch euer Süppchen, wenn ihr glaubt, ist euer Problem."

Er richtet sich wieder auf.

„Toleranz reicht nicht. Die höhere Stufe ist Akzeptanz. Liebe und Gefühle als das zu akzeptieren, was sie sind. Aber reicht Akzeptanz?

Er spielt wieder einen anderen Charakter.

„Zwei Frauen, die Sex miteinander haben? Ist ok."

Er richtet sich wieder auf.

„Akzeptanz ist schon echt gut, aber auch hier wird geredet, spekuliert, abgegrenzt. Was wir brauchen, ist Selbstverständlichkeit. Weil Selbstverständlichkeit die Zuschreibung zu Kategorien überflüssig macht. Jeder Einzelne von uns soll sich frei von Schubladen fühlen dürfen. Als einzigartig erleben können. In jeder Hinsicht. Und jeder Einzelne von uns hat das Recht darauf, seine Gefühle hinsichtlich des Geschlechts als Selbstverständlichkeit hinzunehmen."

Ich nicke und lasse auf mich wirken, was Samuel mir erklärt hat. Diese Gedanken gefallen mir.

„Um diese Lawine an Worten kurz zusammenzufassen: Ich achte nicht wirklich darauf, ob mein Gegenüber weiblich, männlich oder etwas dazwischen ist, weil das Geschlecht für mich keine zentrale Bedeutung hat. Ich achte vielmehr auf den Menschen selbst."

Die Sonne beginnt sich hinter den Bergen zu verstecken, und die Wolken zeigen sich in ihren schönsten feuerroten und orangen Farbtönen. Nach dem Grillen und gemütlichem Zusammensitzen haben wir uns von Samantha und Samuel verabschiedet, die schon früher gehen mussten. Timothy und ich schlendern jetzt über die Wiese zurück zum Kinderzentrum, wo wir unsere Fahrräder zurückgelassen haben.

„Übrigens, Nick, es war eine gute Idee von dir, heute zu grillen. Und dass du Samuel und Samantha eingeladen hast."

„Danke. Bitte frag mich nicht, wie ich heute Vormittag mit diesem Restalkoholpegel überhaupt mit meinem Handy hantieren konnte. Oma hat gestern Nacht ganze Arbeit geleistet."

„Da hast du Recht. Kaum zu glauben, dass das erst gestern war. Fühlt sich an, als ob die Erinnerungen schon in weiter Ferne liegen. Oder im betrunkenen Zustand gesammelt worden sind."

„Geht mir genauso. An manchen Tagen passiert einfach nichts, was einen irgendwie erfreuen könnte, und an anderen wieder so viel."

„Stimmt."

„Willst du gleich heute zum Kochen mitkommen?"

Timothy zögert kurz.

„Gern! Aber ich will mich jetzt echt nicht aufdrängen."

„Tust du nicht, du bist eingeladen. Und ganz ehrlich - egal, was wir machen, ich bin viel lieber in deiner Gesellschaft als alleine zu Hause."

Er freut sich. Ich mich auch. Nur die Süßkartoffeln sollten langsam Panik bekommen.

„Und jetzt einfach rühren?"

„Genau. So, dass alle Stückchen gleichmäßig angeröstet werden. Man riecht den Unterschied zwischen vorher und nachher."

Timothy ist, was das Kochen betrifft, wirklich aufgeschmissen. Aber das macht nichts. Könnte er perfekt kochen, wäre der Abend nur halb so lustig.

„Reicht das? Oder muss ich noch was mit den Stückchen machen?"

Sie sind jetzt schon zum Großteil leicht bräunlich gefärbt.

„Die sind perfekt. Jetzt einfach mit der Kokosmilch, ganze Packung, aufgießen und ein Glas Wasser dazugeben."

Ich schneide inzwischen die Speckwürfel, die ich dann in einer Pfanne ohne Öl zuerst sachte und dann scharf anbraten werde, bis sie knusprig sind.

„Ähm… was soll ich tun, wenn die Suppe zu kochen beginnt?"

„Am besten rühren, bis du mit dem Kochlöffel die Süßkartoffeln leicht am Rand des Topfes zerdrücken kannst."

„Aber ich habe sie doch gerade eben knusprig angeröstet?!"

„Das ist nur für den Geschmack, aber nicht für die Konsistenz wichtig. Die Suppe wird sowieso püriert, sobald sie ein paar Minuten lang gekocht hat."

„Oh. Darf ich das machen?"

Er darf. Irgendwie echt schön ihm dabei zuzusehen, wie er sich so an seiner fast fertigen ersten Suppe freuen kann. Ich meine, das ist nur eine Suppe. Eine einfache Suppe. Seine Suppe.

„Und jetzt?"

Vor ihm köchelt die mittlerweile gründlich pürierte Suppe munter vor sich hin, und auch meine Speckcroûtons sind fertig.

„Ich würze, du hilfst abschmecken?"

„Ok."

Neben dem Fett, das der Speck beim Anbraten hergibt, wandern Salz, Pfeffer, eine kleine Prise Cayennepfeffer, Chiliflocken und Currypulver in den Topf. Rohe, fein würfelig geschnittene lila Zwiebeln peppen das Ganze farblich auf. Timothy kostet.

„Was sagst du? Fehlt noch was?"

Zuerst sagt er gar nichts. Dann grinst er breit und kostet noch mal. Und nochmal.

„Also das ist jetzt mein Teil, was isst du?"

„Das, was übrig bleibt. Oder willst du einen Liter Suppe alleine verdrücken?"

Ich hole zwei tiefe Teller und drücke Timothy einen großen Schöpfer in die Hand. Über die Suppe streuen wir die Speckcrôutons.

„Was hältst du von einem Film?"

„Welche hast du?"

„Alle, die es auf Netflix gibt."

„Hast du einen Vorschlag?"

„Wenn's nach mir ginge, würde ich mir ‚Mamma Mia' ansehen. Zum wahrscheinlich hundertsten Mal."

„Noch nie gesehen."

„Was? Was siehst du sonst so? Klassische Geigenkonzerte? Komm, das muss geändert werden."

Mit unseren Tellern machen wir es uns auf meiner mit Polstern und Decken übersäten Couch gemütlich.

„Übrigens, deine Suppe ist wirklich perfekt gewürzt. Und nochmal danke für die Einladung."

„Gern doch. Die Suppe haben wir aber gemeinsam gekocht. Es wäre unfair zu sagen, es sei meine Suppe."

Ich drehe das Licht ab, der Film beginnt, und wir singen mehr oder minder laut und schief mit. Ein Hoch auf die Lyrics-Version des Films. Timothy kennt einige der Lieder. Stellenweise singt er fast so laut wie ich. Er hat eine klare Stimme und trifft jeden einzelnen Ton. Seine Begeisterung für den Film und die Lieder ist nicht zu übersehen. Die Emotionen, die der Film weckt, spiegeln sich immer deutlicher in seinen Gesichtszügen wider. Als die Szene kommt, in der sich Harry mitten in einer Kapelle dezent skandalös vor allen Hochzeitsgästen als schwul outet, strafft sich Timothys Haltung. Er wirkt nicht nervös, sondern interessiert. Interessiert am Beispiel einer Liebe, wie er sie womöglich einmal fühlen wird. Ich bin es ihm vergönnt und hoffe, dass er auch dann, wenn er einmal einen festen Freund hat, noch Zeit für mich finden wird. Hoffentlich mag mich sein möglicher zukünftiger Freund. Ich möchte kein Grund für Eifersucht sein. Würde Timothy etwas für mich empfinden, hätte er das sicher schon gesagt. Oder vorgespielt.

Am heutigen Vormittag gab es keine besonderen Vorkommnisse. Na ja, zumindest nicht, wenn man den umgeschütteten Saftkrug im Garten und die niedergerannte Gladiole gnädig übersieht.

Ich glaube, ich bin der einzige Jugendliche, der sich auf Montag freuen kann. Natürlich nicht immer, aber manchmal eben doch. So wie heute. Meine Kinder haben schon auf mich gewartet. Das vergangene Wochenende haben sie mich gar nicht gesehen, weil ich seit Bärbls Tod keine Überstunden mehr mache. Zumindest nicht mehr so viele. Miss Molly hat mir angeboten, dass ich eine passende Ausbildung absolvieren könnte, um dann als offizielles und auch entsprechend qualifiziertes Teammitglied bis in alle Ewigkeit bei ihr zu arbeiten. 40 Stunden die Woche. Besser bezahlt. Entschieden habe ich mich noch nicht, aber wenn man so gern gesehen wird, denkt man schon darüber nach.

Gerade sitzen wir am Mittagstisch und lassen uns chinesischen Eierreis und gebackenes Hühnerfleisch schmecken. Ich glaube, das koche ich mir auch mal. Aber mit Paprikapulver in der Teigschicht um das Fleisch.

Für den Nachmittag habe ich ein Cajon vom Dachboden geholt. Es ist zwar alt und etwas verstaubt, aber noch gut spielbar. Die Spielweise ist denkbar einfach: Man setzt sich auf diese Holzkiste und klopft mit der Hand auf die Frontseite oder Seitenteile. Je nachdem, wo man draufhaut, klingt das Instrument anders. Dumpf, hölzern, scheppernd, hohl… für mich ein idealer Schlagzeugersatz. Wir sind damit gerade im Garten, als Timothy mit Miss Molly aus dem Haus kommt. Sie unterhalten sich, doch als die Kinder Timothy entdecken, hat Miss Molly keine Chance mehr. Die Kinder umringen die beiden und belagern Timothy, bis Miss Molly aufgibt. Sie winkt uns noch zu, bevor sie wieder nach drinnen verschwindet und er samt Kinderschar zu mir kommt.

„Hey! Was wollte Miss Molly denn von dir?"

„Sie hat mir eine nicht ganz so strenge Standpauke gehalten, warum ich erst heute wieder vorbeischaue."

„Kein Wunder, sie hat oft von dir geredet."

„Echt jetzt?"

„Ja. Muss wohl daran liegen, dass sie sich den Kindern angeschlossen hat."

Stichwort Kinder. Die wollen sich jetzt alle auf einmal mitteilen.

„Schau, ich war beim Friseur!"

„Isabella hat mir ein Freundschaftsarmband gemacht!"

„Nico hat mir eine Strähne gefärbt!"

Stolz zeigt Corina ein buntes Büschel Haare her.

„Mit Straßenkreiden!"

„Womit?"

Timothy runzelt die Stirn. Das mit dem eigenen Friseursalon war wohl doch keine so gute Idee.

„Na, da nimmt man die Kreide und fährt so oft von oben nach unten, bis die Farbe passt. Die geht sogar durch Bürsten raus."

„Ach. Ist ok."

„Willst du auch eine Strähne?"

„Nein danke."

Timothy setzt sich ins Gras neben mich.

„Sag mal, ist das ein Cajon?"

„Ja. Es gäbe gemütlichere Sitzmöglichkeiten hier. Willst du einen Polster?"

„Nein, passt schon. Seit wann spielst du denn sowas?"

„Seit heute Vormittag. Probier auch mal!"

„Gern."

Wir tauschen Plätze und er beginnt einen flotten Rhythmus zu klopfen. Wow.

„Nicht so schnell!", rufen die Kinder, als sie versuchen, das Tempo zu übernehmen, und wie wild um uns herumhüpfen. Die weniger Mobilen haben Blechdosen von mir bekommen, die sie mit Schlägeln im Takt zu bespielen versuchen.

„Ähm… was macht ihr da?"

„Meine Kinder versuchen das, was du spielst, in Bewegung umzuformen. Und meine Dosenkapelle darf versuchen, den Rhythmus mitzumachen. Ich zeig's dir!"

Wir tauschen wieder die Plätze und ich klopfe langsam mit der ganzen Fläche meiner Hände abwechselnd in die Mitte der Frontplatte. Den dumpfen, scheppernden Klang wandeln meine Kinder in große, schwere Schritte um. Sobald ich mit den Fingernägeln schnell an den Rand des Cajons tippe, huschen sie auf Zehenspitzen um uns herum.

„Siehst du?"

Timothy setzt sich wieder auf das Instrument, überlegt, grinst spitzbübisch und streicht dann mit der flachen Hand in kreisenden Bewegungen über die Frontplatte. Das schleifende Geräusch verwirrt meine Kinder, bis August auf die Idee kommt, sich einfach auf den Boden zu werfen und im grünen Gras herumzukugeln. Bald kullern alle mehr oder weniger wild durch den Garten und fühlen den Boden unter sich. Einige meiner Kinder bleiben dann ganz entspannt liegen und schnuppern den erdigen Geruch des Gartens.

Gegen Abend scheuchen wir die Kinder hinein und setzen uns in die Leseecke. Ich drehe im sonst schon ziemlich düsteren Raum die Stehlampe auf und krame das Buch über Disneyfilme hervor. Disney ist gerade der letzte Schrei. Das ewige Duell zwischen Gut und Böse, zwischen Richtig und Falsch, zwischen wahrer Liebe und Tradition. Die Kinder wünschen sich diesmal „Rapunzel". Die Lampe scheint auf das große, dicke Bilderbuch auf Timothys Schoß, und meine Kinder und ich sitzen im Kreis um ihn herum. Er blättert, ich erzähle. Ich erzähle ihnen die Geschichte einer Prinzessin, die entführt und versteckt wird. Einer Prinzessin, die stärker ist, als sie glaubt. Einer Prinzessin, die sich ihrem bisherigen Leben in den Weg stellt, um den Weg für ihr richtiges Leben zu finden.

„Weißt du, Timothy, was ich nie verstanden habe? ‚Rapunzel' ist eigentlich ein Märchen. Und Diebe zahlen in Märchen immer drauf. Warum hier nicht?"

„Disney hat die Geschichte umgeschrieben. Im Original hat Flynn Rider, eigentlich Eugene Fitzherbert, keinen Namen. Er ist nur der ‚junge Königssohn' und kein Dieb."

„Oh. Ich kenne das Original nicht. Gibt es sonst noch Unterschiede?"

„Da wären zum Beispiel die Zwillinge, die die beiden haben werden, Rapunzel wird davor aber noch in die Wüste verdammt und die Stiefmutter bleibt am Leben. Sie stößt den jungen Königssohn aus dem Turm, und er verliert in den Dornen am Fuße des Turmes sein Augenlicht. Einzig eine Träne von Rapunzel heilt seine Augen wieder."

„Sie hat ihm die Augen geöffnet?"

„Soweit ich weiß, waren die sinnbildlich vorher schon offen, er war ja längst verliebt. Märchen und so. Aber sehen konnte der junge Königssohn vorübergehend nicht mehr."

„Was ist mit der Blume? Gibt es die im Originalmärchen auch? Du weißt schon, die, die aus einem Tropfen der Sonne wächst."

„Leider nicht."

„Schade. Aber das Schönste bei der Disney - Version des Märchens ist immer noch der Soundtrack. Den habe ich als Kind auf und ab gehört. Besonders das Lied von der Blume. Du auch?"

Gedankenverloren nickt er mir zu. Dann steht er auf.

„Bleibt sitzen. Schließt die Augen."

Er beugt sich zu Kati.

„Und nicht schummeln, ok?"

Er geht hinaus, vermutlich in die Garderobe. Leise schließt er die Tür, und wir hören nicht, was er macht. Ohne ein einziges Geräusch zu machen, setzt er sich wieder in die Mitte des Kreises. Der Windhauch hat ihn verraten. Er steht nochmals auf, dreht das Licht ab und setzt sich wieder. Es ist schon ganz finster.

Die Finsternis hält nicht lange an. Eine Helligkeit, wie ich sie mir nicht vorstellen konnte, erfüllt die Luft. Sie geht von unserer Mitte aus und breitet sich vorsichtig vibrierend und doch so kraftvoll im Raum aus. Der Klang von Timothys Geige ist einzigartig. Einzigartig wie Timothy, der sie spielt und ohne den sie wertlos wäre.

Als sein Geigenspiel zu Ende ist, wartet er kurz und lässt die Stille, die er heraufbeschworen hat, wirken. Als er die Lampe wieder aufdreht, ist das Licht wärmer und dunkler. Timothy hat zwei Chiffontücher über die LED-Glühbirne gehängt.

Die Kinder, die alle schon vom Spielen im Garten müde geworden sind, rollen oder kuscheln sich zwischen den Decken und Polstern zusammen. Sie sagen nichts. Es hat ihnen wohl wie mir die Sprache verschlagen. Ich hole mir wieder Pinsel und Malerrolle aus dem Kasten und bemale die Rücken der Kinder.

„Kannst du bei mir bitte auch?"

Nico schaut hoffnungsvoll zu mir hoch. Für seinen Rücken kann ich nur die weiche Malerrolle verwenden. Selbst die Pinsel können zu grob sein.

„Mit der Malerrolle gerne."

„Oder der Geige."

Timothy setzt sich zu uns.

„Darf ich?"

Vorsichtig legt er die Geige auf Nicos Rücken. Er zupft mit dem Daumen an der dünnsten Saite seines Instruments. Dann an der nächstdünneren. Als Timothy die dickste der vier Saiten zupft, hat Nico seine Augen schon geschlossen. Er muss die Vibrationen der Geige deutlich spüren. Er kann sich sonst nie so entspannen.

Nachdem wir uns unter klarem und pechschwarzem Himmel voll Sternen verabschiedet haben, schwinge ich mich auf mein Rad und mache mich auf den Weg zu meiner Wohnung. Meinem Zuhause. Timothy hat mich heute überrascht. Wieder ein-

mal. Ich hätte nie gedacht, dass er seine Geige wirklich mitnehmen würde. Er hat uns alle damit überrumpelt. Und berührt.
Geigenmusik ist die eine Seite. Timothy mit einer Geige die andere. Er legt Emotionen in seine Lieder. Gefühle, die er in
Klänge verwandelt. Klänge, die wir alle hören. Er hat uns noch
andere Lieder aus dem Film vorgespielt, unter anderem „Ich
hab' nen Traum" und „Wann fängt mein Leben an?". Die Kinder waren selten so fasziniert. Sowohl von seinem Vorspiel als
auch dann, als er die Geige auf ihren Rücken gelegt hat. Nach
Nico kamen die anderen Kinder dran. Ich durfte auch einmal.
Er hat bei mir auch den Bogen genommen, was einen durchge-
henden Ton samt Vibration erzeugt hat. Es war-

Mir war nicht klar, dass eine Geige solch eine Wirkung auf
mich haben würde.

Zacharius

13. Kapitel

„Ich habe alles gehört."

Timothy steht da, die Englischmappe in der Hand, und sieht mich verwirrt an.

Vorgestern, samstags, als ich es in dem Haus meiner Eltern nicht mehr ausgehalten habe und nicht mehr schreiben oder Klavier spielen konnte, bin ich zuerst auf die Straße und dann weggegangen. Ein Ziel habe ich nicht vor Augen gehabt. Ich hatte Zeit. Dank meines ausgeprägten Orientierungssinnes brauche ich keine Wanderkarten oder Schilder. Ich gehe den Weg, den ich gegangen bin, wieder zurück. Viel Mühe, um dann wieder dort zu sein, wo man angefangen hat. Allein die Zeit dazwischen kann leicht überbrückt werden. Die Brücke beginnt beim Loswandern und endet einige Stunden später wieder exakt am selben Ort. Die gesamte Zeit dazwischen versuche ich nicht zu denken. Ich will nicht wie mein Vater werden. Ich bin über Wiesen und Felder, über Asphalt und Beton gegangen. Neben einem Häuserblock, neben einem Fluss.

Die Weiden, die den Blick auf das Wasser mit dem Strand aus Steinen verbergen, können den Wind nicht daran hindern, die Stimmen zweier Menschen zu mir zu wehen.

„Also, erzähl mal. Seid du und Nick mittlerweile ein Paar oder nicht?"

Ich habe weder die Stimme des Mädchens gekannt, noch habe ich sie sehen können.

„Was meinst du?"

Ich kenne diese Stimme. Dafür habe ich Cyans Bruder Timothy durch die Hecken nicht einmal erkennen müssen. Er unterhält sich im scheinbaren Schutz der Weiden mit dem Mädchen. Sie sammeln Brennholz.

„Ach, du weißt ganz genau, was ich meine. Verliebt sein. Kitschig Hände halten. Gemeinsam ins Bett st-"

„Nein, wir sind nicht zusammen."

„Schade. Ihr wärt echt ein cooles Pärchen. Cool cute couple. Habt ihr ineinander den berühmt-berüchtigten ‚besten schwulen Freund' gefunden? Samuel ist quasi meiner. Irrsinnig schwer zu erkennen, was?"

Das Mädchen hat gelacht.

„Ich weiß nicht, ob Nick schwul ist."

„Bist du es denn?"

„Diese Frage liegt gerade im Trend, oder?"

„Ja, aber ist dir aufgefallen, dass das ohnehin nur die heißen Jungs gefragt werden? Also. Willst du was von ihm oder nicht?"

„Stell dir vor, du würdest dich in Samuel verlieben. Wäre komisch, unangenehm für euch beide und unpassend."

„Auch wieder wahr. Aber hey - Samuel wär' noch alleinstehend. Eigentlich ein total blöder Ausdruck. Kann bei Männern sowas von falsch interpretiert werden."

Das Mädchen hat gelacht.

„Danke, ich merke es mir."

„Gern geschehen. Und schade, dass du nichts von Nick willst, was über Freundschaft hinausgeht. Jetzt muss ich mir die Vorstellung von euch als Skandalpärchen der Gemeinde abgewöhnen."

Das Mädchen hat gelacht.

„Tja, wo keine Gefühle, da kein Pärchen."

Der Junge hat gelogen.

Timothy lügt auch jetzt, als er sich so verhält, als ob er von nichts wüsste.

„Ich habe alles gehört", wiederhole ich.

Er steht nach wie vor steif mit seiner Englischmappe in der Hand vor mir. Das Gespräch von Nick und Samuel weiter flussabwärts über ein ähnliches Thema ist mir nicht entgangen. Die Namen der beiden waren deutlich zu hören und ihre Stimmen leicht auseinanderzuhalten. Eins und eins zusammenzählen kann ich.

„Was meinst du? Wenn meine Schwester dich unterrichtet, bleibt meine Geige im Koffer."

„Ich rede nicht von deiner Geige. Ich rede von dir. Ich rede von dem Mädchen. Ich rede über euch."

„Und ich rede nicht mehr mit dir, wenn du mir nicht sagst, worauf du hinauswillst. Überhaupt gibt es da kein ‚euch'."

„Nicht bei dir und dem Mädchen. Und bei dir und dem Jungen wird es das auch nicht geben."

„Was redest du da?"

„Das, was du zu verheimlichen versuchst."

„Ich verheimliche nichts."

„Auch nicht dem Jungen gegenüber? Timothy, ich bin nicht dumm."

Ich trete einen Schritt auf ihn zu. Meine Stimme ist ein Flüstern.

„Ich weiß, dass der Junge dich nicht liebt. Du erkennst das nicht, doch er denkt an ein ,wir' mit Samuel. Ihr zwei habt keine gemeinsame Zukunft, denn sie sind sich näher gekommen."

„Was meinst du mit ,näher gekommen'?"

Er ist ein miserabler Schauspieler. Seine Worte sind Glas in meinen Händen und seine Sprachmelodie ist ein offenes Buch. Mein Blick direkt in seine Augen reicht, um ihn verstehen zu lassen. Sie beginnen einen fixen Anhaltspunkt zu verlieren.

„Ich will dir nicht glauben."

„Du solltest. Eine verblühte Rosenblüte hat geduftet, ist leer und wird bedeutungslos sein. Und der Gärtner, der auf diese Blüte hofft, ist geschlagen mit Blindheit. Wirf die tote einstmalige Knospe weg, öffne die Augen und sieh der Wahrheit der Liebe in ihre leeren Augenhöhlen."

Hinter Glas

Spieglein, Spieglein, an der Wand,
ich hab' das Schicksal in der Hand.
Ich schau' hinein, durch Glas und Gift,
wo mein Blick das Quecksilber trifft.

Quecksilber, verschlossen hinter Glas,
leise, und dennoch sagt es mir was.
Flüstert, wispert, gibt mir zu versteh'n,
ich soll nur in den Spiegel seh'n.

Ich schaue voll Erwartung zum Spiegelbild hin
und sehe enttäuscht, dass nur ich es bin.
Das Quecksilber ist nun endlich still,
ich sehe nur das, was ich sehen will.

Ein erfülltes, wahrhaftiges und gutes Leben
kann es nicht mal im Spiegel geben.
Das Quecksilber, eingeschlossen für alle Zeit,
ahnt seinen Bruder, von ihm nicht weit.

Spieglein, Spieglein, an der Wand,
das Schicksal hat mich in der Hand.
Ich schau' hinein, durch Glas und Gift,
wo Quecksilber mich als Schicksal trifft.

Wieder bin ich leichter. Leichter um die Schwere des Gedichts. Es ist nun nicht mehr nur in mir, es wird von einem Blatt Papier festgehalten. Eines von vielen vollendeten Werken. Nur ein einziges ist nicht fertig. Ich will einen würdigen Schluss für ebendieses. Einen Schluss, der es wert ist, solche Zeilen zu beenden. Einen endgültigen Schluss, der abschließt.

Nachdem mich die „Gleichgesinnten" ausgestoßen haben, wurde nichts leichter. Ich hatte gar keine Freunde mehr. Anfangs bemühte ich mich noch, doch schon bald merkte ich, dass meine Bemühungen wirkungslos waren. Die anderen Teenager blockten meine Annäherungsversuche immer ab. Immer wieder. Sie fühlten sich in meiner Gegenwart unwohl, wollten nicht mit mir gesehen werden. Ich fühlte mich wie ein Unglücksbringer. Jemand, der immer denen schadet, zu denen er Kontakt aufbauen will. Nichts konnte ich dagegen tun. Oft war ich bemüht, nett zu sein. War zuvorkommend, versuchte die Wünsche anderer von ihren Gesichtszügen abzulesen. Bot ihnen an, Hausaufgaben abzuschreiben, denn eine beneidenswerte Jause, die es wert gewesen wäre zu teilen, hatte ich nie. Ich täuschte Interesse vor, versuchte Meinungen zu teilen, suchte die Gesellschaft. Doch sosehr ich mich auch bemühte, nicht allein gelassen zu werden, legten es die anderen darauf an. Und dann merkte ich, warum. Sie hassten mich nicht. Sie hatten keine Angst vor mir. Sie fanden mich nicht abstoßend. Sie hatten Angst vor den „Gleichgesinnten". Diese hatten es auf mich abgesehen, und niemand wollte riskieren, auch in ihr Visier zu geraten. Für die Kinder war ich eine indirekte Gefahrenquelle. Weg von Zacharius, sonst passiert etwas Schlimmes. Weg von Zacharius, der war mit den Gleichgesinnten befreundet. Weg von Zacharius, und du bist sicher. Weg von Zacharius, sonst geht es dir wie ihm. Wegen kurzer Vergangenheit habe ich mir lange Zukunft vertan. Und ich weiß, wer daran schuld ist. Eine einzige Person. Ich bin es. Ich habe mir all das selber zuzuschreiben. Ich war zu dumm, um zu erkennen, was ich zu tun habe. Ich kann mir selber nicht mehr helfen. Ich will nicht zu dumm sein, um zu erkennen, was ich zu tun habe. Ich konnte Timothy noch helfen.

Ich weiß, warum ich Timothy belogen habe. Meinen Schlussfolgerungen nach, die ich durch das Belauschen zweier Gespräche beim Fluss mit dem steinigen Ufern gezogen habe, glaubt er, in besagtem Nick seine Zukunft gefunden zu haben. Es war nicht schwer, die vorgetäuschte Ahnungslosigkeit zu durchschauen. Er ist in Nick, einem Mann, verliebt. Und das ist ein Problem. Mir kann es egal sein, wenn sich Schwule in den Abgrund des Unglücks stürzen. Das ist es mir auch. Sätze wie „Ihr Schwuchteln werdet in der Hölle brennen!" würden von mir nie auf eine Laterne geschrieben werden. Ich will damit nichts zu tun haben. Sie müssen meine Abneigung nicht spüren. Im Gegenteil. Ich helfe ihnen. Ich bin es Timothy schuldig, denn seine Schwester behandelt mich immer gut. Würde die Liebe zwischen Timothy und Nick wachsen, wäre das ihre Eintrittskarte zu einer Illusion des erfüllten Lebens. Verblasst die Illusion, hinterlässt sie Verfall und Unglück. Zwietracht und Verderben. Ihre vermeintliche Liebe darf nicht siegen. Ihre falsche Liebe darf erst gar nicht entstehen.

Sie wären andersartig.

Die Schulwoche vergeht wie ein Funke im Nebel. Ich sehe Timothy nur einmal im Speisesaal. Der stille Junge ist stiller als sonst. Seine Mitschülerinnen bemerken nichts. Ich schon. Der gesenkte Blick und die schlaffen Schultern sind kein Zeichen von Müdigkeit. Das Schweigen und gedankenverlorene Zustimmen bezeugt hier kein Desinteresse. Das schrille Lachen und sorglose Gerede der Schülerinnen sind keine Indizien für Freundschaft. Deshalb merken sie nichts. Ich kenne mich nicht gut mit Freundschaft aus. Die Situation beurteilen kann ich dennoch. Von falscher Freundschaft weiß ich viel.

Timothy tut mir nicht leid. Es ist zu seinem Besten und eines Tages wird er das verstehen. Er wird mir dankbar sein und mir sagen, dass seine Sorgen umsonst waren. Der Junge kann jetzt glücklich werden. Ich habe ihm eine Möglichkeit gegeben, die mir keiner geben kann. Er kann sich neu verlieben, und der Wahrscheinlichkeit nach wird es keine Verwandte wie bei mir sein. Timothy ist umgeben von Frauen. Es soll ein Leichtes sein, eine Neue zu finden. Über den vermeintlichen Verlust hinwegzukommen. Er soll sich bemühen. Bei ihm kann Anstrengung etwas ausrichten. Aus richterlicher Perspektive über Timothy zu urteilen, steht mir eigentlich nicht zu. Aber was weiß er schon über Liebe. Er wird ihm nicht lange nachtrauern, denn richtige wahre Liebe hat er noch nicht einmal gefühlt.

Timothy

Ich habe die Unterrichtsmappe meiner Schwester gefunden. Es sind Noten von Klavierstücken, aber es sind einfache Melodien, die im Violinschlüssel nur selten mehrstimmig gespielt werden. All die Lieder in dieser Mappe sind Lieder, die sie mit Zacharius schon gespielt hat oder vermutlich noch spielen wird. Es sind Stücke, deren fremde Schönheit ich früher nie erkannt habe. Ich spiele sie rauf und runter. Kann nicht mehr damit aufhören. Ich möchte den Kloß in mir zersägen mit meinem Bogen und spalten mit den Klängen meiner Geige. Aber es hilft diesmal nichts.

Schmerz. An den Fingern meiner linken Hand zeichnen sich die dünnen metallischen Saiten meiner Geige als schmale Kerben ab. Es tut weh, aber ich weiß, wann es wieder aufhören wird. Heute verspüre ich Schmerz, bei dem ich nicht weiß, wann er aufhört. Ob er aufhört. Warum es aufgehört hat.

Das Problem ist, dass es nie angefangen hat. Nick und ich waren nie ein Paar. Wir waren immer nur Freunde. Ich sollte dankbar dafür sein, aber ich tue mir schwer damit. In meinem Gefühlsleben hat er, ohne es zu wissen, immer mehr die Rolle des festen Freundes übernommen. Ausgesprochen habe ich das nie. Habe mich nicht getraut. War zu optimistisch. Wie auch immer das passiert sein mag. Ich war blind vor Hoffnung und Zuversicht.

Ich bin traurig. Ich bin traurig ohne gerechte Rechtfertigung. Nick war und ist ein Freund, wie ihn nur wenige haben. Es ist seine Entscheidung, wenn er Samuel wählt. Ob er sich damit gegen mich entscheidet, weiß ich nicht. Ich weiß vieles nicht. Manches davon will ich gar nicht wissen. Oder doch. Haben sich die beiden hinter meinem Rücken schon öfter verabredet? Haben sie sich schon vor der Pride gekannt? Wusste Samantha davon? Haben sie sich zu dritt getroffen, um mich nicht zu kränken? Der Schuss wäre nach hinten losgegangen. Bin ich ihnen noch etwas wert? Wie oft haben sie sich wohl vorher schon geküsst?

In der Schule bemühe ich mich, nicht alles und jeden, der versucht, Kontakt mit mir aufzunehmen, mit bitterer Ironie oder wahlweise auch schnippischen Kommentaren zu verscheuchen. Ich bin also still. Meine Hennen merken nichts.

Da wären wir also wieder. Der Hühnerstall, eine Schwester, die ihr Leben mühelos auf die Reihe kriegt, und ich. Kein Nick. Ich weiß, dass unsere Freundschaft nicht vorbei sein muss. Das Problem dabei: Im Laufe der Zeit habe ich ihn nicht mehr als einen Freund, sondern als den Freund angesehen. Jetzt ist er mit Samuel zusammen. Na super. „Den Freund" gibt es also nicht mehr. Und zu „einem Freund" muss ich erst wieder zurückfinden. Dafür brauche ich aber Zeit. Ich weiß nicht, wie lange das dauern wird. Tage? Wochen? Monate? Ich fürchte, dass es zu lange dauern wird. So lange, dass ich für Nick nicht einmal mehr ein Freund bin, sondern Timothy, der eine Freundschaft verkümmern lassen hat.

„Sag mal, warum bist du so still?"

An sich kann es ganz nett sein, sich mit Angelina zu unterhalten. Aber nicht jetzt. Ich will nicht.

„Weil ich nichts zu sagen habe. Du etwa?"

„Schon gut, ich lass dich in Ruhe."

Ein wenig enttäuscht dreht sie sich den anderen Hennen zu. Mein Gewissen sagt mir, dass ich mich entschuldigen und aus Respekt ein paar Worte mit ihr wechseln sollte. Aber ich kann nicht. Ich will nicht.

Den Schulalltag bringe ich, so gut es geht, hinter mich. Vergrabe mich mit meinem Bedürfnis, dem Schicksal ganz dezent das Herz rauszureißen und seine Träume einzuäschern. Nur damit es weiß, wie sich das so anfühlt.

Richtig schwierig sind Fächer, in denen wir uns aktiv beteiligen müssen. Scheiß Kompetenzorientierung! Ich will mich nicht einbringen. Ich will traurig sein dürfen. Letzteres bekomme ich ganz gut hin. Der einzige Haken: Man kann anscheinend nicht traurig sein, ohne das Traurigsein zwanghaft verheimlichen zu müssen. In der Schule gibt es niemanden, mit dem ich darüber reden möchte. Oder kann. Echt nicht. „Hey, weißt du schon das Neueste, ich bin schwul, verknallt und sicher, dass mein emotionales Gefühlsleben gerade den Bach runtergeht", würde vermutlich nicht ganz so gut aufgenommen werden. Abgesehen davon geht es niemanden etwas an.

Nicht einmal Cyan. Ich alleine entscheide, was ich wem anvertraue. Ist momentan wunderbarerweise ganz leicht diese Entscheidung. Ha. Super, jetzt verarscht mich meine Ironie schon selber.

Die einzige Person, der ich meine Situation überhaupt erzählen könnte, wäre Nick gewesen. Blöd nur, dass er mitten drinnen steckt. Ihn kann ich also schon mal von meiner gedanklichen Alles-ist-gerade-scheiße-hörst-du-mir-zu?-Liste streichen. Und das war's auch schon, das war der einzige Name.

Ich weiß, Cyan ist immer für mich da und wird das immer sein. Wie eine Löwenmutter. Aber ich möchte das diesmal nicht. Ich bin nun mal manchmal verschlossen und ich akzeptiere mich so. Jetzt ist es an der Zeit, dass auch meine Schwester das tut.

Meine Eltern - na, da müsste ich dann ganz von vorne anfangen. Nein danke. Abgesehen davon gibt es eigentlich weniger peinliche, aber dafür willkommenere Gesprächspartner. Nur diesmal eben nicht.

Bleibt nur noch meine Geige. Eigentlich. Sie stimmt mich traurig. Sobald ich sie angreife, kommt die Erinnerung an Nick in mir hoch. Wie sie auf seinem Rücken gelegen ist. Wie ich sehen konnte, dass sie auch ihn in seinen Bann zieht. Dass ich ihn damit in meinen Bann ziehen konnte. Ich habe mich sehr gefreut in dem Moment, als ich das erkannt habe. Jetzt macht mich die Erinnerung traurig. Stichwort „traurig". Ich habe die Lieder der Unterrichtsmappe so oft gespielt, dass ich den ganzen Stoß Noten weglegen und die Stücke trotzdem beherrschen könnte. Manches davon ist vermeintlich in E-Dur notiert.

Klanglich ähnelt es aber einer cis-moll Kadenz. Klugscheißer würden es als cis-äolisch interpretieren. Am Klavier schon knifflig, auf der Geige genauso herausfordernd. Und sogar das geht.

Ich weiß nicht, was ich tun soll. Ich fühle mich leer. Dafür habe ich einen neuen Begleiter. Zynismus. Zynismus mir selber gegenüber. Natürlich muss der mich ausgerechnet jetzt verfolgen. Hält mir einen verzerrten Spiegel vor. Wahrscheinlich beginne ich mich selber dafür verantwortlich zu machen, was geschehen ist. Ich weiß, dass ich nichts dafür kann. Mein Unterbewusstsein anscheinend nicht.

Meine Gewissensfragen kann ich mir auch selber beantworten. Ich brauche mit niemandem darüber zu reden. Oder es ist einfach niemand mehr da, den ich als Gesprächsgegenüber akzeptieren würde. Wenn ich mit niemandem darüber rede, werde ich mich selber auffangen müssen. Habe ich bisher auch halbwegs gut geschafft.

Das Deprimierende an meiner Situation ist, dass ich mich, abgesehen von Zynismus, meiner neuen Dauerbegleitung, leer fühle. Miststück. Er würde sich vermutlich prächtig mit Schicksal verstehen.

Ich weiß auch nicht, was ich fühlen soll. Mal fühle ich Trauer. Dann denke ich, dass das die einzige Emotion ist, die ich aufbringen kann. Trauer, die mich denken lässt, dass sie mich nie verlässt. Oder immer wieder zurückkommt.

Mal fühle ich Wut. Mir selbst gegenüber, weil ich auf Nick nicht wütend sein kann. Er hat mir nichts getan. Vielleicht ist das „nichts getan haben" genau das Problem. Was habe ich getan? Genauso nichts. Ich hätte nie gedacht, dass Nichtstun so schmerzhaft sein kann. Warum habe ich nichts getan? Wut versucht gerade die Antwort zu googeln, findet sie nicht und schmeißt mir das Handy nach.

Dann wieder fühle ich nichts. Das kommt am häufigsten vor. Und dann kann ich nicht spielen. Wenn ich nichts fühle, was soll ich dann ausdrücken? Ich könnte meine Geige einfach anschweigen. Tue ich eigentlich auch. Und ich weiß auch nicht, was ich spielen sollte. Die Lieder aus der Mappe geben mir jetzt nichts mehr und alle anderen kommen gerade nicht in Frage. Ich bin dazu nicht in Stimmung. Auf noch mehr traurige Lieder habe ich keine Lust mehr. Wütende Lieder würde ich vielleicht schon spielen. Aber ich spiele nicht, wenn ich wütend bin. Meine Geige ist zu kostbar, als dass ich sie mit angespannt aggressiven Fingern berühren oder verletzen könnte. Und wenn ich dann wieder nichts fühle - ja, was soll ich dann noch spielen?

Die Woche vergeht und mir endgültig die Lust am Geigenspielen. Genauso wie die Motivation, mit meiner Schwester spaßige Diskussionen zu führen, verabschiedet sich auch der Wille, Sozialkontakte zu pflegen.

„Komm, Kleiner. Kellermusik?"

„Nein."

„Warum nicht? Das hat dir bis jetzt immer geholfen."

Das hat man davon, eine fürsorgliche Schwester zu haben. Sie durchschaut dich immer.

„Stimmt. Ich möchte jetzt aber nicht. Danke."

„Schade. Muss ich wirklich alleine spielen?"

„Musst du nicht. Zacharius kommt am Samstag wieder."

„Es ist erst Donnerstag. Abgesehen davon unterrichte ich ihn und das ist nicht unbedingt meine Lieblingsbeschäftigung. Sag mal, hast du mir eigentlich meine Unterrichtsmappe verschleppt?"

„Womöglich."

„Leg sie mir bitte bis Samstag wieder zurück."

„Ok."

Sie prüft mich mit einem mütterlichen Blick, bevor sie in den Keller geht und in die Tasten hämmert. Das Lied, das sie sich ausgesucht hat, ist sicher kein Zufall. Dafür ist Cyan zu klug. Auch wenn sie es nie zugeben würde. Das Lied ist „Ich will keine Schokolade". Manchmal kann ich sie echt nicht leiden.

Mensch, ist der eigenartig. Erst stößt er mir seine Worte wie einen Dolch ins Herz und dann wieder redet er mit mir, als ob ich bereit zum Philosophieren wäre. Ich weiß echt nicht, wie Cyan es aushält, Zacharius zu unterrichten.

„Zacharius, was soll das? Ich will nicht mit dir reden."

„Beantworte mir nur folgende Frage. Sind zu Erde zerfallene Pflanzen wertvoll, weil sie einmal Pflanzen waren oder weil etwas Neues entstanden ist?"

„Geh mir aus dem Weg. Ich will nicht mit dir reden."

„Du musst mir die Antwort nicht sagen. Ich kenne sie selber. Kannst du dir vorstellen, wie es einem Rosensamen geht, der fest davon überzeugt ist, in der freien Wüste gedeihen zu müssen?"

„Ja. Zufrieden?"

„Er hat noch nie etwas anderes gesehen. Man kann dem Samen für seine Entschlossenheit keine Dummheit vorwerfen. Lediglich die Dummheit, sich für das Unmögliche entschieden zu haben, kann ihm nachgesagt werden. Die anderen Samen haben sich nicht grundlos gegen die Wüste entschieden."

„Zacharius, was du mir damit sagen willst, interessiert mich nicht. Scher' dich um deine eigenen Probleme und deine eigene Dummheit! Und sieh zu, dass du lernst, für andere keine Belastung zu sein."

„Vergiss nicht. Eine Rose wird zu Erde, aber die Erde nicht mehr zur selben Rose."

Freitagnachmittag treffe ich eine Entscheidung. Die Wahrheit hat mich in der Schule getroffen. Nicht durch Zacharius. Er hat Probleme, die mich nichts angehen. Dennoch habe ich jeden seiner Sätze wirklich verstanden.

Ich sah ein Pärchen, das trotz des nervenraubenden Schulalltages zufrieden, weil gemeinsam sein Mittagessen verspeist hat. Sie sind zusammen. Sie haben sich.

Nick wird glücklich sein. Glücklich sein mit ihm. Als wahrer Freund möchte ich das akzeptieren können. Diese Entscheidung ist mir nicht leichtgefallen, aber ein misslungenes Konzertstück lässt sich nach der Aufführung auch nicht wieder geradebiegen.

Mein Handy vibriert. Nick ruft an. Ich könnte abheben. Ich könnte auflegen. Ich möchte abheben. Ich lege auf. Nick wird mir von ihm und Samuel erzählen wollen. Ich habe mich gerade erst wieder einigermaßen unter Kontrolle. Ich weiß nicht, ob ich es aushalte, von ihrem Glück zu erfahren.

Das heißt nicht, dass ich ihn vergessen will oder so tun werde, als ob er nichts wäre. Ich werde mir meine Zeit und vorerst die Distanz nehmen, die es braucht, um ihn wieder ins rechte Licht bloßer Freundschaft zu rücken. Das heißt auch nicht, dass ich glücklich oder auch nur zufrieden mit dieser Entscheidung bin. Sie kommt von einem komplexen Haufen Nerven und nicht von einem blutenden Muskelbündel. Das hat verloren. Und ohne das Glück anderer zu zerstören, lässt sich da auch nichts machen.

Cyan

Irgendwas stimmt nicht. Das spüre ich. Timothy verkriecht sich nicht mehr in seinem Bunker der Klänge. Langsam legt sich eine hauchdünne Schicht Kellerstaub über den offenen Geigenkasten. Ich meine, das ist doch nicht normal für ihn. Normal wäre, wenn er jedes einzelne noch so kleine Staubkörnchen höchstpersönlich mit einem Mikrofasertuch penibel wegputzen würde. Aber nein, die Staubkörner veranstalten eine Orgie nach der anderen auf seiner Geige und ihn juckt es einfach nicht.

Einmal wollte ich ihn zum Spielen auffordern.

„Komm, Kleiner. Kellermusik?"

„Nein."

Ok, Alarmstufe rot.

„Warum nicht? Das hat dir bis jetzt immer geholfen."

„Stimmt. Ich möchte jetzt aber nicht. Danke."

Ich versuch's auf die Mitleidstour. In letzter Zeit hat mein Kleiner, wie's aussieht, so etwas wie ein emotionales Gefühlsleben entwickelt.

„Schade. Muss ich wirklich alleine spielen?"

„Musst du nicht. Zacharius kommt am Samstag wieder."

Da würde ich lieber alleine spielen.

„Es ist erst Donnerstag. Abgesehen davon unterrichte ich ihn und das ist nicht unbedingt meine Lieblingsbeschäftigung. Sag mal, hast du mir eigentlich meine Unterrichtsmappe verschleppt?"

„Womöglich."

Himmel, hilf! Wenn er auch noch zu so depressiven Klängen überläuft, ist die Stimmung in diesem Haus geliefert. Allerdings kenne ich ihn gut genug, um zu wissen, dass ich schon längst verloren habe.

„Leg sie mir bitte bis Samstag wieder zurück."

„Ok."

Was soll ich noch sagen? Am besten gar nichts. Ich werde spielen. Mich seiner Sprache anpassen. Anfangs wollte ich noch das Lied „Bad Day" spielen, doch dann habe ich mich anders entschieden. Seine damalige Reaktion auf meine Vermutung, unglücklich in diesen Nick verliebt zu sein, hat ihn verraten. Timothy wird nicht grundlos immer länger im Kinderzentrum geblieben sein. Er wird auch nicht grundlos auf einmal nicht mehr dort hingehen wollen. Ich spiele ihm also „Ich will keine Schokolade". Er will lieber einen Mann.

Jetzt gerade sitzt Zacharius neben mir. Mittlerweile habe ich mich an die gebeugte Haltung und die ungewaschenen Haare gewöhnt. Er klimpert brav das Lied „Once Upon a December" herunter und beginnt wie früher üblich daherzureden. Nur dass er diesmal nicht mehr von sich selber redet.

„Was ist eigentlich mit Timothy los? Er wirkt unglücklich."

„Vielleicht ist er es ja."

„Warum? Er hat doch alles, was er braucht."

Ich finde, dass er das nicht beurteilen kann. Oder darf. Gerade er braucht nicht zu reden. Er als Ausgeburt des schwammig-bitteren Sprachstils.

„Das weißt du nicht. Und Details gehen dich nichts an."

„Habe ich je danach gefragt?"

„Nein. Aber ich bin davon ausgegangen, dass du danach fragen wirst."

„Das ist eine Interpretation deinerseits, die du mir unterstellst."

Er provoziert. Das kenne ich nicht von ihm. Dennoch wirkt er verunsichert und verwirrt. Ganz als ob er mich mit Worten in die Enge treiben will, um sich selber zu schützen. Auf Machtkämpfe lasse ich mich aber nicht ein. Wer sich auf Machtkämpfe einlässt, hat schon verloren.

„Zacharius, vergiss es! Konzentrieren wir uns besser auf die Noten!"

Das funktioniert auch ganz gut. Ich bleibe sachlich, er reißt sich zusammen, mich nicht mit seinen verwirrten und diesmal provokativen Worten zu langweilen. Der restliche Unterricht verläuft also ganz gut. Der Vormittag eigentlich auch. Bis es an der Tür klingelt.

„Hallihallo, Schätzchen. Kennst du mich schon?"

Tja. Wer könnte das wohl sein?

„Sind Sie die Großmutter von Nick?"

„Genau die. Darf ich reinkommen?"

Ungeniert drückt sie sich an mir vorbei ins Vorhaus. Sie bleibt auf dem kleinen, schäbigen Teppich direkt vor der Türe stehen, um nichts schmutzig zu machen. Dennoch finde ich das etwas unhöflich.

„Also ja. Tun Sie sich keinen Zwang an. Rennen Sie mir doch einfach mal die Türe ein. Stört ja keinen."

„Schätzchen, das war mir schon klar. Aber danke. Ich bin wegen Timothy hier. Könntest du bitte für mich nachsehen, ob er da ist?"

„Ob er da ist oder nicht, weiß ich auch so. Was brauchen Sie von ihm?"

„Jetzt hör aber mal auf, mich zu siezen. Ich bin zwar alt, aber nicht spießig. Kannst dir ein Beispiel an mir nehmen."

Ohne eine Antwort zu geben, drehe ich mich um und suche Timothy. Er ist in seinem Zimmer eingeschlossen.

„Kleiner, die Oma von Nick ist da. Sie will irgendwas von dir. Kommst du?"

„Ich will nicht."

Mehr sagt er nicht, und ich gehe wieder zurück ins Vorhaus.

„Tut mir leid, aber Timothy kann gerade nicht."

„Sag mal, ist der auf einmal sterbenskrank oder was? Nick will er nicht mehr sehen, mit mir will er nicht einmal mehr reden... oder ist er einfach gerade beschäftigt und ich soll wieder kommen, wenn er dann schon gekommen ist?"

Das hat sie jetzt nicht gesagt.

„Wie bitte?"

„Schätzchen, ich bin die, die schwerhörig sein sollte. Ich habe gefragt, ob er sich gerade selber flachlegt. Masturbiert. Sich selber bearbeitet."

„Das habe ich schon verstanden", antworte ich etwas schroff. Will ich diese Person wirklich in meinem Haus haben?

„Na, hätte ja sein können. Macht ja jeder."

Ich gebe keine Antwort, sondern setze einen ernsten Gesichtsausdruck auf, der sie hoffentlich zum Schweigen bringt. Oder auch nicht.

„Das machen sogar Frauen. Ich denke, ich sollte dir das sagen. Du siehst nämlich nicht so aus, als ob du das wüsstest…"

Das geht zu weit.

„Wenn Sie also nichts mehr brauchen, würden Sie bitte wieder gehen?"

„Wird das gerade so eine Art Rausschmiss? Das wäre mein erster seit mindestens einem halben Jahrhundert."

„Richtig. Einen schönen Tag noch."

Kaum ist sie draußen, steht Timothy neben mir.

„Was wollte sie?"

„Dich."

Er schweigt.

„Möchtest du reden?"

Ich werde ihn sicher nicht auf Nick ansprechen. Ich werde warten, bis er selber dieses Thema anschneidet.

„Noch nicht."

„Später einmal?

„Vielleicht. Tut mir leid."

Noch während der letzten Worte geht er zurück.

Ich weiß echt nicht, was los ist. Timothy ist noch stiller als vor Wochen, Zacharius wird provokativ und auf einmal steht dieses gestörte Weib vor der Haustüre. Irgendwie hängt das alles zusammen. Wenn ich nur wüsste, wie.

Priska

Und schon wieder eine Woche gut um die Ecke gebracht. Es ist Freitagnachmittag und der nächste Wochenendrausch kann kommen. Ich werde Nick einladen. Lange nicht mehr gesehen. Ich könnte ihn fragen, ob er weiß, warum mich diese Furie von einer Schwester letzten Samstag so unhöflich vor die Türe gesetzt hat. Vielleicht kann er mir bestätigen, dass sie einfach nur spießig ist. Sie sollte sich was schämen. Sich einer unschuldigen alten Dame gegenüber so zu verhalten. Wo ich schon dabei bin, sollte ich Timothy auch fragen, ob er kommen möchte. Den mag ich. Und er wird über seine Schwester mehr wissen als mein Enkel. Ich werde Timothy aber persönlich fragen, ob er kommen will. Vermutlich bringt es nichts, wenn Nick fragt. Irgendetwas läuft gerade schief. Läuft bei denen. Rückwärts und bergab. Und eben schief. Keine Ahnung, warum, aber das lässt sich herausfinden. Wie gut, dass ich mir Timothys Nummer letztens von Nicks Handy gemopst habe. Ich böses, böses Mädchen.

Hallo, Timothy,
hier ist 1 nicht-alte geile Schachtel. Könntest du mir bitte heute Abend helfen? Mir ist die Fernbedienung hinter einen Kasten gefallen, und den kann ich alleine nicht wegrücken.

Nick ist bis in den späten Abend in der Arbeit, weil er für eine Stützkraft einspringen muss. Schätzchen, es wäre ganz nett, wenn du dir Zeit nehmen könntest. Bis um sieben Uhr, Schachtel

So. Geschrieben, geschickt und gelesen. Die heutige Jugend klebt aber auch nur am Handy.

Liebe Priska,
ich kann dir helfen, werde aber nicht viel Zeit haben.
Lg, Timothy.

Bingo. Ich weiß, dass das ein ziemlich fieser Trick von mir ist, aber der Zweck heiligt die Mittel.

Servus, Enkelchen,
wie wär's wieder mal mit einem gemeinsamen Vollrausch?
Ich weiß, dass du morgen frei und heute um 15:30 Feierabend hast.
Ps.: Mir ist die Fernbedienung hinter den Kasten gefallen.
Fühl dich herausgefordert, einer Jungfrau in Nöten zu helfen.

Die Antwort kommt sofort.

Hi, oma,
du bist von mir aus in nöten, aber sicher keine jungfrau. Klar kann ich dir helfen. Ich habe zwar gerade keine lust darauf, mich volllaufen zu lassen, aber gegen ein paar rumknödel

hätte ich nichts. Wann soll ich vorbeikommen?

Perfekt. Ich hoffe mal das Beste.

Schätzchen,
acht Uhr wäre ideal. Freu mich!
Lg

Das geht jetzt entweder komplett nach hinten los oder wird der totale Knaller. Die beiden haben doch einen Knall, sich einfach nicht mehr zu treffen. Mein Enkel konnte mir nicht wirklich sagen, warum er Timothy nicht mehr mitnimmt. Oder warum die beiden keinen Kontakt mehr miteinander haben. Nicks Antwort „Er ignoriert mich einfach. Und ich weiß nicht, warum. Habe ich etwas falsch gemacht, Oma?" glaube ich ihm zwar, aber ich bin damit nicht zufrieden. Ich sehe doch, dass ihn die Situation traurig und nachdenklich macht. Angeblich hat er Timothy sogar öfters angerufen, aber er hat nie abgehoben. Feige Nuss. Aber Nick ist genauso eine feige Nuss, wenn er sich damit zufriedengibt. Zu meiner Zeit hat's das nicht gegeben. Da war die Welt noch jung und das Handy nicht erfunden. Da musste man seinen Arsch noch selber vor die Haustüre seiner Freunde bewegen, um zu fragen, ob man was gemeinsam macht. Da gab's kein er-schreibt-nicht-zurück-und-ich-schau-dann-wie-die-Kuh-wenn's-blitzt. Zu seinem Glück hat Nick eine durchgeknallte Oma. Die wird's schon wieder richten.

Pünktlich um sieben Uhr läutet es.

„Komme schon!"

Schnell gehe ich ins Wohnzimmer, lasse noch die Fernbedienung hinter den Kasten fallen und mache auf.

„Hallo, Timothy. Wie geht's?"

„Frag lieber nicht. Wo ist der Kasten?"

„Im Wohnzimmer. Schätzchen, ich hoffe, dass du wegen mir deinen Zeitplan nicht über den Haufen schmeißen musstest. Sonst hätte ich jetzt ein schlechtes Gewissen."

Er bringt ein Lächeln zustande.

„Hast du nicht. Und ein schlechtes Gewissen würde dir nicht so gut stehen wie die rosa Federboa."

Schleimer. Aber ein wunderbar charismatischer.

„Danke. Was hast du denn das Wochenende noch vor?"

„Schulische Aufgaben. Ist aber nicht so wichtig."

„Na bitte. Was möchtest du trinken?"

„Danke, ich brauche nichts."

„Muss ich dir wieder mit der Infusion drohen?"

„Ein Glas Wasser bitte."

„Dann setz dich doch mal, Schätzchen."

Ich stelle ihm sein Glas Wasser hin und setze mich zu ihm. Wenn er mir die Fernbedienung gleich hervorholt, wird er nicht mehr lange bleiben. Sie wird also noch einige Zeit dort liegen bleiben.

„Würde dich Musik stören?"

„Nein."

Ich drehe „Atemlos" von Helene Fischer auf. Ich mag das Lied. Da geht's um Sex. Schon eine ziemlich geniale Erfindung dieses YouTube.

„So. Schätzchen, jetzt erzähl mal. Wie war deine Woche? Viel Stress gehabt?"

„Eigentlich nicht."

„Komisch. Nick meinte, seine Freunde hätten gerade keine Zeit für ihn."

Er wird rot. Scheiße. Jetzt ist er verlegen. Ich versuch's mal mit etwas Feinfühligkeit.

„Sorry. Hätte ja sein können."

Er überlegt.

„Tut mir leid, so ist es auch. Bist du mir böse, wenn jetzt keine ausladenden Erläuterungen kommen?"

„Auf jeden Fall. Schätzchen, ich werde dich federn und teeren, nein, andersrum, und dann vierteilen lassen."

„Trifft sich gut, mit der Optik könnte ich mich identifizieren. Wie auch immer, wo ist der Kasten?"

„Da hinten."

Schnell hat er den Kasten mit den kugeligen Füßen beiseitegeschoben und die Fernbedienung hervorgeholt. Genau genommen hätte ich das mit der Ansaugverlängerung meines Staubsaugers auch geschafft, aber das muss er ja nicht wissen.

„Danke."

Na toll. Und wie beschäftige ich ihn jetzt, bis Nick kommt?

„Ach übrigens, Nick hat mir erzählt, dass du gerne kochst. Möchtest du mir für morgen vorkochen helfen?"

„Ich kann zwar nicht kochen, aber ich kann dir gern helfen."

Er geht in die Küche, und ich tänzle vergnügt in die Vorratskammer den Karton Gurken holen. Eigentlich koche ich nie vor, weil sonst der Alkohol verraucht, aber Gurkensalat kann man immer brauchen. Den mache ich sogar ohne Alkohol.

„Sind das nicht ein bisschen viel Gurken für einen Salat?"

„Schätzchen, ich kaufe Gurken nicht nur zum Kochen."

„Ach. Na dann."

Er hachelt die Gurken, während ich das Dressing abmische. Sauerrahm, Balsamico, Knoblauch,… was mir halt so in die Finger kommt.

„Eine zweite Gurke auch noch?"

„Die Hälfte bitte."

Ich vermische alle Zutaten relativ unspektakulär in einer Schüssel und stelle sie in den Kühlschrank.

„Was soll ich mit der restlichen Gurke machen?"

„In der obersten Küchenlade links sind Kondome."

Er steht unschlüssig da.

„Schätzchen, glaub mir, die haben sich in der Gurkenaufbewahrung bewährt. So luftdicht bekommst du das mit keiner Frischhaltefolie hin."

Er verpackt die Gurke und hilft mir noch beim Saubermachen. Es ist jetzt 10 Minuten vor acht.

„Ach, Timothy, ich weiß, dass das viel verlangt ist, aber könntest du mir bitte noch Himbeeren pflücken helfen? Ich müsste noch in den Keller, und eigentlich wollte ich heute den Himbeerlikör ansetzen…"

„Ist ok. Wo wachsen sie?"

„Im hintersten Eck neben dem Urwald. Schräg hinterm Kirschbaum. Wo der ist, weißt du ja schon."

Er will gerade weggehen, zuckt aber wieder zurück.

„Hast du uns etwa mit einem Fernglas verfolgt?"

„Nein, aber glaub mir, Schätzchen, ihr wart echt nicht zu überhören. Übrigens, meine Sellerie hat wirklich keine Ahnung, was ich in meiner Jugend gearbeitet habe."

„Echt nicht? Du hast Geheimnisse - vor deinem eigenen Gemüse?"

Ein mühevoll versuchtes Lächeln breitet sich auf seinem Gesicht aus.

„Geht sie doch nichts an, dass ich in einem Swingerklub gearbeitet habe."

„Wo?"

„Swingerklub. Da geht man hin und-"

„Reicht schon, danke. Was ein Swingerklub ist, weiß ich. Ich wusste nur nicht, dass es dort dauerhaft Angestellte gibt."

„Natürlich gibt es die. Hinter der Bar, Schätzchen. Hinter der Bar."

„Oh. Tschuldigung, nicht, dass du denkst, dass ich gedacht hätte, du hättest-"

„Schätzchen, um bei mir derartig stottern zu dürfen, müsstest du schon noch ein paar Gläser trinken. Und zwar Wein. Würdest du bitte die zwei Gläser auf den Balkontisch stellen, bevor du pflücken gehst?"

Ich drücke ihm zwei Weingläser in die Hand.

„Ist gut. Ich dachte schon - egal. Bin im Garten."

Er geht hinaus und nimmt im Vorbeigehen das halbvolle Körbchen Beeren mit, das auf dem Küchentisch steht. Als ob ich mich in meiner jugendlichen Karriere im Swingerklub einfach in die tobende Meute hineingeworfen hätte wie eine Biene ins

Blütenmeer. Habe ich natürlich nie getan. Nie während meiner Dienstzeiten.

Die alten hölzernen Kellerstufen knarren behaglich, wenn ich in den Keller gehe. Er besteht aus nur einem einzigen Raum. Dennoch ist es hier wirklich gemütlich. In der Glühbirnenfassung, die von der Decke hängt, ist noch eine echte Glühbirne drin. Diese runden Glasbirnen, in denen ein dünner Draht hell glüht. Keine dieser schrecklich funzeligen LED-Dinger, die sowieso nach ein paar Monaten kaputt sind. Die halten auch nur ein ganzes halbes Jahr.

In meiner Küchenecke des Kellers müsste der Druckkochtopf mittlerweile ausgekühlt sein. Ich wollte immer schon wissen, ob man Marillen mit Rum im Druckkochtopf kochen kann, ohne dass der Alkohol verloren geht. Wie es aussieht, schon. Etwas matschig, aber brauchbar. Den restlichen Rum fülle ich in eine sterile Flasche, verkorke sie und stelle sie in meine Vorratskammer. Was quasi der restliche Keller ist. Der Inhalt dieses Alkoholbunkers würde reichen, um ein gesamtes Spital wochenlang desinfizieren zu können. Nennt sich Altersvorsorge.

Ich gehe mit den besoffenen Marillen und dem Kochtopf wieder in die Küche und stelle sie bis zur Weiterverarbeitung in den Kühlschrank. Knödelprobeessen dürfen später dann die Jungs. Manchmal sollte man der jüngeren Generation den Vortritt lassen. Nick läutet an.

„Servus. Sind Sie der Retter in der Not?"

„Wohl eher nicht. Hallo, Oma."

Noch immer geknickt. Armes Schwein.

„Komm herein. Welcher Wein darf's diesmal sein?"

„Vorerst noch keiner. Du hast auch nur Wein im Kopf, oder?"

„Wortwörtlich. Was hast du im Kopf?"

„Nichts, was wichtig wäre."

„Gut, ich habe die falsche Frage gestellt. Wen hast du im Kopf?"

„Weißt du doch ganz genau."

„Auch wieder wahr. Schätzchen, erzähl mal. Ich hör' dir zu. Bleibt mir ja sowieso nichts anderes über."

Er seufzt.

„Komm, setz dich. Was genau bedrückt dich?"

Er setzt sich und stützt seinen Kopf mit beiden Händen. Seine Finger vergraben sich in seinen Haaren. Als er wieder aufblickt, sehe ich einen Hauch Angst tief in seinen Augen.

„Dass er nicht mehr da ist. Er hat einfach den Kontakt abgebrochen."

„Ja, das ist doof. Sonst noch was?"

„Er war nicht irgendwer. Er war nicht irgendein Fremder oder Arbeitskollege."

„Kommt da noch was?"

Er flüstert. Sehr leise. Ein Hoch auf meine Hörgeräte.

„Er war auch nicht einfach ein Freund von vielen."

Mein Enkel blickt auf zu mir und redet wieder in normaler Lautstärke weiter. Glaubt wahrscheinlich, dass ich ihn sonst nicht höre.

„Weißt du, wir haben das letzte Mal, als wir uns sahen, über das Märchen ‚Rapunzel' gesprochen. Mir ist dabei etwas in den Sinn gekommen. Rapunzel hat sich ihrem bisherigen Leben in den Weg gestellt, um den Weg für ihr richtiges Leben zu finden."

„Schön und gut, Schätzchen. Sprich weiter!"

Ich bemühe mich gerade wirklich um eine ernste Gesprächshaltung. Lasse meinen Enkel einfach reden. Sigmund hätte das gefreud. Aber, scheiße, ist das schwer.

„Oma, ich habe mir gedacht, wie kann ich zwischen richtigem Weg und bisherigem Weg unterscheiden? Ist das dasselbe?"

„Also, es ist so, dass der Weg, also der Weg, der richtig falsch ist, nein, wo falsch richtig ist, nein, der - ach, was weiß ich, was es mit den Wegen auf sich hat. Zum Teufel damit! Bin ich eine Psychologin? Sicher nicht. Bin ich eine schlechte Oma? Vielleicht. Aber weißt du, Schätzchen, ich weiß, was es wert ist, geschätzt zu werden. Und andere zu schätzen. Und jetzt setzt du dich mit diesem Weinglas an den Balkontisch und wartest."

„Oma, das ist ein Bierkrug."

„Ich weiß. Husch, auf den Balkon, Schätzchen! Die Knödel kommen sofort."

Zacharius

17. Kapitel

Der Blick

Grenze aus Stein, schütze mich dein Rand,
halt mich im Sein vor dem andren Land.

Wasser wartet wider Willen
tief in dir, dem absolut Stillen.
Funkelt weit unten, das ersehnte Glück,
als Versprechen schaue ich nicht zurück.

Grenze aus Stein, schütze mich dein Rand,
halt mich im Sein vor dem andren Land.

Langer Schlot, kein Schrei oder Laut,
egal, wie lange man in die Tiefe schaut.
Unschuldig leise, unendlich tief,
War`s doch Einbildung, die da rief.

Grenze aus Stein, schütze mich dein Rand,
halt mich im Sein vor dem andren Land.

Was verbirgst du, was ist dein Grund?

dort ist doch was, komm tu es kund.

Gebannt fällt neben deinem Strick

tief hinab mein neugieriger Blick.

Grenze aus Stein, so schütze andre dein Rand,

hielt mich lang im Sein in dem einstigen Land.

Hinab weit, zum flüssigen Leben

weit hinab, Verderben kannst geben.

ganz hinab, neben dem Strick,

doch diesmal war es nicht

der Blick

Ich schreibe immer mehr. Es ist erst Nachmittag und das erste Gedicht des Tages ist fertig. Länger als eine Stunde habe ich dafür nicht gebraucht.

Heute Vormittag ging ich zu Fuß zu Cyan. Im Wald sah ich einen Brunnen. Die moderzerfressenen, grünlich bemoosten Steine begannen langsam zu bröseln, und die Seilwinde war vom Rost zerfressen. Ich ging hin, bückte mich und betrachtete den langen Schacht in die kalte Erde. Der Brunnen hatte etwas Vergessenes an sich. Womöglich hütet er ein Geheimnis. Er inspirierte mich.

Es wird finster. Warum Cyan heute so forsch und grob reagiert hat, ist mir ein Rätsel. Es ist offensichtlich, dass Timothy unglücklich ist. Es ist aber nicht klar, warum. Ich habe ihm einen Gefallen getan. Ihm auf die Beine geholfen. Es ist an der

Zeit, dass er sich zusammenreißt und den Blick nach vorne richtet. Andere müssen das auch tun, weil sie keine Wahl haben. Jetzt hat er keine Wahl. Er soll sich damit abfinden, denn eine andere Möglichkeit gibt es nicht. Er hat verloren. Er und seine jämmerliche Utopie von einer Vorstellung, die es nicht einmal wert ist, ihr auch nur eine einzige Träne zu schenken.

Gefangen im Jetzt,
gefangen im Hier,
doch was mich zerfetzt,
bin gefangen in mir.

Es ist finster. Mein zweites Gedicht heute ist das kürzeste, das ich jemals geschrieben habe. Ich möchte es nicht ausbauen. Es ist perfekt.

Klavier spielen kann ich nicht mehr. Meine Schwester schläft. Ich sollte aber spielen. Meine Gedanken wirbeln sonst immer im Kreis. Das Zentrum des stürmenden Kreises ist meine Violett. Gestern sah ich sie wieder. Anmutig ging sie durch das Schulportal auf die Wiese hinter dem Pflaster der Schule. Ihr seidenes Kleid wehte im Wind. Ihre Locken schienen kein Gewicht zu haben. Sie stieg hinten in das Auto ein und war weg.

Warum muss sie meine Cousine sein?

Ich dränge darauf, mich ablenken. Ich gehe in die Küche zur Kochbuchlade, um mir die Rezepte und Gewürze zu erträumen. Ich nehme mir ein Buch und bleibe damit im Raum stehen.

Warum muss Mutter tot sein. Sie hätte für mich all diese Sachen kochen können. Sie hätte unserem Vater nicht alle Kräfte rauben dürfen. Dann könnte er jetzt all diese Gerichte für uns kochen.

Warum darf ich nicht Klavier spielen?

Warum muss ich leise sein?

Warum arbeitet meine Schwester so hart?

Warum hatte ich keine Freunde?

Warum habe ich keine Freunde?

Warum wäre es kein Verlust, wenn Vater auch tot wäre?

Warum kann ich mit Violett nicht befreundet sein?

Warum darf ich Violett nicht lieben?

Warum gibt es Gesetze für die Liebe?

Warum -

Es schmerzt, als mir das schwere Kochbuch auf den Zeh fällt. Ich bewege mich aber nicht.

Es gibt gar keine Gesetze der Liebe.

Es gibt aber Menschen, die Liebe nicht billigen. Im Hass auf meine Unmöglichkeiten habe ich immer geglaubt, dass meine Liebe den anderen schutzlos ausgeliefert ist. Ich habe nie gesehen, dass auch die Liebe anderer mir schutzlos ausgeliefert ist. Meine Liebe ist genauso verboten wie jene zwischen Timothy und dem anderen Jungen. War ihre Liebe genauso-?

Warum habe ich ihre Liebe erstickt? Erstickt in der Leere des Neids. Ertränkt durch Blindheit in den Fluten der Ungnade. Verbrannt im Verderben des Versuches, es besser zu wissen. Warum habe ich ihnen das angetan, was die Welt bereits mir angetan hat?

Hektisch suche ich mein Gedichtbuch zwischen den Kochbüchern hervor und blättere zurück. Ich habe ein Gedicht nicht vollendet.

Das Innerste lässt sich formen so leicht,
wenn Nichts den Gedanken, den Träumen weicht.
Hand in Hand gehen Tod und Glück
zu mir, dem Nichts, muss ich nie zurück.
Was war, was sein wird, was ist und bleibt,
ist das Messer, ganz fremd, alle Zeit.
Alle Zeit, ganz fremd, gemessen an Gier
war es, das Messer, im Spiegel vor mir.
Tief drinnen in mir war Nichts, nur Schweigen,
doch das Messer verspricht, das muss so nicht bleiben.
Ich leg das Messer, ich nehm das Messer, ich halt das Messer
weg von mir-

doch das Spiegelbild, an mich gebunden,
hat sein Innerstes aus Metall gefunden.

Vor der Schwärze der Nacht spiegelt sich im Glas des Küchenfensters meine gekrümmte Gestalt wieder. Nach den letzten beiden Zeilen habe ich den Stift losgelassen. Er ist zu Boden gefallen. Liebe ist Schmerz. Schmerz ist Erleichterung. Ich lasse das Messer los. Es fällt nicht zu Boden.

Violett

18. Kapitel

„Setz dich."

„Danke, Großmutter."

„Wie geht es dir, Kind?"

„Es geht mir gut, danke."

Großmutter hustet.

„Soll ich dir dein Kissen richten?"

„Man spricht nur, wenn man gefragt wird."

Großmutter ist alt. Sehr alt. Sie hat immer auf ihr Aussehen Wert gelegt, weswegen ihr Alter oft verborgen blieb. Jetzt nützt ihr jugendliches Aussehen nichts mehr. Im Krankenbett liegt sie neben mir, Haut und Knochen, Haar und Gewand.

„Und setz dich aufrecht hin."

Ich setze mich aufrecht hin.

„Was soll das überhaupt mit deiner Hose? Mädchen wie du haben Röcke zu tragen."

„Das nächste Mal werde ich einen Rock für dich tragen."

„Das nächste Mal."

„Das nächste Mal."

Dennoch wissen wir beide, dass es kein nächstes Mal mehr geben wird. Großmutter ist sehr krank. Sie kann es aber nicht zugeben. Es schickt sich nicht für eine Dame, ihr Alter und ihre angeschlagene Gesundheit hervorzuheben. Sie regt sich langsam.

„Kind, ich muss dir etwas erzählen."

„Ich höre dir zu."

Sie macht eine kurze Pause.

„Als ich noch ganz klein war, hatten die Leute sehr wenig. Heute würde man es als ‚nichts' bezeichnen."

Sie atmet schwer.

„Ein ganzes Stück Brot alleine zu essen war unmöglich. Sobald man einen Bissen getan hatte, kam das Gewissen. So viele Hungernde. In der eigenen Familie."

Ihre Augen werden feucht.

„Meine Eltern gaben uns Kindern ihre Essensrationen, und wir sahen, wie sie hungerten. Wir Kinder teilten untereinander. Der Hunger war zu groß, um auch noch mit unseren Eltern zu teilen."

Ich erinnere mich an mein hart gewordenes Jausenbrot, das ich freitags in der Schultasche vergessen habe. Ich habe es auf dem Weg hierher an die Enten verfüttert.

„Unsere Eltern pflanzten damals Bäume. Äpfel, Birnen, Zwetschken. Zuerst nur für uns. Manche Apfelsorten ließen sich bis lange in den Winter hinein lagern. Ich erinnere mich noch daran, wie sie auf dem Weihnachtsbaum hingen und etwas wahrlich Besonderes waren. Jeder Bissen kostbar. Oft blieben nur die Kerne über, die im kommenden Frühjahr wieder ausgesät wurden."

Großmutter hustet und versucht sich zu bewegen. Es gelingt ihr nicht.

„Im Laufe der Jahre schaffte es unser Land, sich wieder aufzurichten. Die Menschen konnten sich immer mehr leisten, und unsere Familie gründete den Familienbetrieb. Wir verkauften die edelsten Schnäpse der Umgebung."

Ihre Stimme wird leiser.

„Die Bekanntheit wuchs und mit ihr der Verkauf. Bald schon konnte sich unsere Familie durch den Verkauf von edlen Spirituosen und anderen Produkten über Wasser halten."

Sie lächelt kraftlos.

„Ich durfte zur Schule gehen. Nicht in die Schule unseres kleinen Ortes, ich durfte sogar in die hoch angesehene Schule des Nachbarortes. Mutter und Vater bezahlten die Eltern einer Schulkollegin, damit sie mich mit dem Automobil mitnahmen. Man hatte hohe Erwartungen an mich."

Heute weiß ich, dass sich diese Erwartungen erfüllt haben.

„Als junge Frau bekam ich die Buchhaltung einer bekannten Firma anvertraut. Jeder in der Firma kannte und schätzte mich. Den Familienbetrieb übernahmen mein älterer Bruder und seine Frau."

Sie macht eine Pause.

„Ich habe ein glückliches Leben gehabt. Und doch…"

Für einen kurzen Moment verzieht sie ihr Gesicht zu einer Grimasse, bevor sie sich wieder um eine würdevolle Ausstrahlung bemüht.

„Du hast deinen Großvater nie wirklich kennen gelernt. Als er gestorben ist, warst du noch ein Kind."

„Ich weiß, Großmutter. Ich weiß auch, wie sehr du ihn geliebt hast."

Sie atmet schwer. Ihre Finger krümmen sich unter der Bettdecke, bevor sie sich langsam entspannen.

„Ich habe ihn nicht geliebt."

Doch. Sie muss ihn geliebt haben. Großmutter erzählte immer von ihrer Liebe auf den ersten Blick.

„Ich habe ihn wahrlich nicht geliebt. Er hat mich geliebt, doch ich-"

Ihre Erzählung kommt ins Stocken. Sie beginnt zu zittern. Ich möchte aufstehen, um die Pflegekraft aus dem Nachbarzimmer zu holen, doch Großmutter stoppt mich mit scharfer Stimme.

„Bleib sitzen! Niemand hat dir erlaubt aufzustehen."

Als ich mich wieder auf dem ungemütlichen Sessel niederlasse, lockert sich ihre angespannte Haltung wieder.

„Er hat mich geliebt. Ich möchte, dass du das verstehst. Niemand weiß davon. Doch ich kann nicht mit einer Sünde sterben."

Sie schließt die Augen, bevor sie weiterspricht.

„Kurz bevor ich meinen Ehemann kennenlernte, war auch ich verliebt. Mein Angebeteter war charmant, nobel, ein Mann von Ansehen. Er hatte Anstand und Geld, und die Leute hörten auf ihn. Er hatte keine Frau. Niemand wusste, dass wir uns trafen. Es war falsch, obwohl wir ungefähr im selben Alter waren. Man hatte hohe Erwartungen an mich, ich musste unsere Affäre verheimlichen. Für alle meine Bekannten war ich alleinstehend. Niemand ahnte etwas."

„Großmutter, gestatte mir eine Frage."

„Bitte, Kind."

„Wenn ihr euch so innig geliebt habt, warum hast du Großvater geheiratet und nicht ihn?"

„Er war -"

Sie setzt noch einmal zum Sprechen an.

„Er war -"

„Du musst es mir nicht erzählen. Ich würde dir aber gerne
zuhören."

„Er war - er war ein Geistlicher. Er war Priester. Und ich
wurde schwanger."

Sie senkt ihren Blick.

„Kind, ich habe mein Leben lang alle um mich herum belogen. Es wäre eine Schande für die gesamte Familie gewesen,
wenn bekannt geworden wäre, dass - dass-"

Ihre Stimme verebbt. Ihr Brustkorb hebt und senkt sich. Erst
jetzt dämmert es mir.

„Violett, du darfst gehen. Danke für deinen Besuch."

„Vielen Dank, Großmutter, dass du -"

„Geh."

Auf dem Heimweg muss ich weinen. Ich weiß, warum, aber
verstehe nicht, warum mich das zum Weinen bringt. Großmut-
ters Lüge hat ihr Leben belastet. Ich verstehe nicht, warum ihre
Lüge mich belastet. Besonders nahe waren wir uns nie. Dennoch ist sie meine Großmutter. Sie ist Familie. Und Großvater
war ein Fremder. Ein Fremder, der eine Familie, Zacharius' Familie, gegründet und sie verlassen hat. Dann hat er sich eine
zweite Familie geschaffen. Glaubte er zumindest. Seine zweite
Familie, meine Familie, war nicht seine biologische Familie,

auch wenn Großmutter ihm das glaubhaft gemacht hat. Sie hat ihm ein Kind untergejubelt, das nicht seines war. Das Kind, meine Mutter, weiß nichts von der Lüge. Und ich weiß, was für ein gewaltiges Problem das ist.

Ich oder Oma.

Liebe oder Ehre.

Zacharius ist bis vor einer halben Stunde mein Halbcousin gewesen. Großvater war auch sein Großvater. Nur dass es eben doch nicht mein echter Großvater war. Ich bin die Enkelin eines Priesters und einer alten Frau. Er ist der Enkel eines betrogenen Mannes und einer anderen Frau. Und wir sind die, die dasselbe Geheimnis haben.

Montag nach der Schule werde ich mit ihm reden. Ihn fragen, was er täte. Ob er sich für uns und gegen meine Großmutter oder gegen uns und für das Familienwohl entscheiden würde. Er muss es aber wissen.

Lange Zeit dachte ich, dass es vergebens ist, zu hoffen. Ich habe mich beinahe mit dem Gedanken abgefunden, dass ich Zacharius nicht lieben kann. Aber der Gedanke war falsch. Ich kann Zacharius lieben. Ich durfte aber nicht. Jetzt könnte ich. Ich verrate Großmutter, lasse eine Verwandtschaftslüge auffliegen, lasse Schimpf und Schande über sie und den Priester kommen und mache mich selber unglücklich damit. Oder ich warte, bis sie stirbt. Eine verpestete Vorstellung. Hoffen, dass Großmutter bald stirbt, um mich nicht zwischen Liebe und Ehre entscheiden zu müssen. Was gäbe ich dafür, diese Entscheidung nicht treffen zu müssen!

Nick

Tja. Jetzt sitze ich alleine mit meinem Bierkrug auf Omas Balkon und warte auf sie. Wofür hat sie mir den überhaupt mitgegeben? Sie hat doch schon zwei richtige Weingläser für uns hergerichtet. Was macht sie eigentlich die ganze Zeit? Ich dachte, sie würde gleich nachkommen. Gerade legt es jeder darauf an, mich zu enttäuschen. Timothy lässt mich grundlos fallen. Gerade als ich gedacht habe, dass sich etwas ändert oder sich etwas Neues entwickelt. Ich habe mich, wie es aussieht, getäuscht.

Oma lässt mich einfach hier sitzen und macht - keine Ahnung, was. Vermutlich lackiert sie gerade der Nachbarskatze die Nägel. Und ich - ich habe keinen Schimmer, was gerade mit mir abgeht. „Dein Optimismus und deine gute Laune wuchern schlimmer als das Unkraut in meinem Garten", hat Oma einmal zu mir gesagt. Jetzt würde sie das nicht mehr sagen. Und ich fürchte, dass das alles aussagt, wenn sie das nicht mehr sagt. Ich war traurig, als Bärbl gestorben ist. Wirklich traurig. Sie ist gegangen, und ich weiß nicht, ob und wann ich sie wiedersehen werde. Aber es war Trauer, die ich irgendwie verarbeiten konnte. Ich konnte mit vertrauten Personen gemeinsam trauern. Ich habe mich verstanden gefühlt. Jetzt fühle ich mich alleine. Ein bisschen leer. Unverstanden.

Der schmächtige Mond versteckt sich hinter dichten, dunklen Wolken. Ich gehe ins Wohnzimmer und hole Teelichter. Aus der Küche lasse ich leere Weingläser mitgehen. Von Priska keine Spur. Die Kerzen sollen ihr funkelndes Licht aus den Weingläsern über die Terrasse tanzen lassen. Wie damals.

Ich zünde die Teelichter an und lasse sie vorsichtig in die Weingläser fallen. Geschickt balanciere ich die tanzenden Lichter durch die mit dem Ellbogen aufgestoßene Terrassentür und möchte mich auf meinen einsamen Platz setzen. Aber da sitzt schon jemand.

„Was machst denn du da?"

Sein Körper zuckt.

„Nick? Du hier?"

Timothy sitzt auf der Bank, vor sich ein kleines Körbchen voll Himbeeren. Es wundert mich, ihn hier zu sehen. Irgendwo tief drinnen freut es mich auch. Mich zu sehen hat ihn aber anscheinend erschreckt.

„Solltest du nicht in der Arbeit sein? Bei deinen Kindern?"

„Es ist Freitag. Da arbeite ich nur bis halb vier. Was machst du hier? Im Dunkeln Himbeeren stehlen?"

Ich kann mir ein Grinsen nicht verkneifen. Echt nicht.

„Eigentlich nicht."

Ich spüre seine Unsicherheit und sein Unbehagen bis hierher. Der Ruhe, die er normalerweise ausstrahlt, ist Nervosität gewichen. Um das zu merken, brauche ich kein Tageslicht. Ich gehe zum Tisch und hätte mich ihm schon fast gegenübergesetzt. Stattdessen setze ich mich neben ihn.

„Also... wenn du sie nicht stiehlst, was machst du dann mit ihnen?"

Ich stelle die funkelnden Windlichter vor uns auf den Tisch ab.

„Ich habe sie für Priska gepflückt, weil sie die heute noch weiterverarbeiten möchte."

„Oh."

Und schon ist uns der Gesprächsstoff ausgegangen. Jetzt wären Samuel und Samantha ganz hilfreich.

„Timothy, hast du in letzter Zeit was von Samuel und Samantha gehört?"

„Müsste diese Frage nicht dir gestellt werden?"

„Nicht dass ich wüsste."

Seine Stimme klang bei seinem letzten Satz irgendwie anders als sonst. So bemüht höflich, aber unterdrückt bitter im Abgang.

„Ist alles ok bei euch, Timothy? Habt ihr euch in letzter Zeit einmal getroffen und gestritten?"

„Wir haben uns nicht getroffen."

Ihm scheint das Thema unangenehm zu sein. Dennoch fragt er nach.

„Wie oft habt ihr euch getroffen?"

„Eigentlich gar nicht. Ich habe die beiden immer nur mit dir gemeinsam gesehen."

Er schweigt. Und blickt abwesend ins Kerzenlicht. Es sind Duftkerzen. Sie riechen angenehm nach Sandelholz.

„Ist ja auch egal. Hauptsache, ihr zwei seid glücklich", murmelt er gedankenverloren.

„Wie meinst du?"

„Glücklich eben - wie man es so ist, wenn sich zwei gefunden haben."

Was will er damit sagen?

„Sorry, Timothy, aber ich bin mit keinem der beiden zusammen und ich kapiere echt nicht, wovon du redest. Tut leid."

„Nicht?"

Ich zucke mit den Schultern.

„Nein. Ich verstehe echt nicht, was du meinst. Sollte ich irgendetwas versäumt haben, tut's mir leid. Ich steh quasi grad ein wenig neben der Spur."

Kurze Stille. Dann kann ich es förmlich hören, wie sich Timothys Gedanken überschlagen. Meine machen mit. Sie drehen und winden, schrauben und verformen sich, bis ich seine Lippen auf meinen spüre.

Die Berührung ist schnell vorbei. Aber eine Ewigkeit findet in der Sekunde danach ihren Platz.

„Wie lange soll ich noch so tun, als ob ich nichts fühlen würde?"

Das Einzige, was klarer sein kann als sein verzweifeltes Flüstern, sind seine Augen, die direkt in meine blicken. Sie glänzen deutlich im Licht der Kerzen und sagen mehr als jedes Geigenstück.

„Ich weiß es nicht", flüstere ich zurück. Ich schaue ihm tief in die klaren Augen. „Aber ich weiß, wie lange ich noch so tun werde, als ob ich nichts fühlen würde."

Ich lege meine Hand in seinen Nacken.

„Keine einzige Sekunde mehr."

Ich küsse ihn. Er erwidert den Kuss. Ich spüre seine Hände und eine zweite Ewigkeit macht sich, wo vorher noch Verzweiflung und Ungewissheit waren, breit.

„Wuuuuh!"

Oma.

„Na endlich habt ihr mal kapiert, wie das funktioniert. Dachte schon, dass ich euch das auch noch beibringen muss. Jungs, ich würde mein Gejubel gerne mit Klatschen untermalen, wenn ich da nicht einen Teller mit ein klein bisschen zu viel Knödeln in der Hand hätte, die gegessen werden müssten."

Sie ist echt unverbesserlich. Meine Oma. Ich drehe mich zu ihr und imitiere ihre Stimme.

„Schätzchen, hat das jetzt wirklich sein müssen? Gleich mal den ersten Kuss stalken?"

„Nicht so schlimm. Es muss nicht der letzte gewesen sein", höre ich Timothy leise sagen. Er greift vorsichtig nach meiner Hand. Ich nehme sie in meine.

„Schätzchens, ich würde gerne sagen, dass es mir leid tut, aber das wäre gelogen."

Aufgeregt wuselt Oma zu uns, stellt schwungvoll die Knödel ab, positioniert ihre Ellenbogen auf den Tisch, verschränkt die Finger und legt ihr Kinn darauf.

„So. Jetzt plaudert mal aus dem Nähkästchen. Doch keine Ehekrise mehr?"

Timothy sieht schuldbewusst zu Boden. Ich glaube ihn durchschaut zu haben. Sein Herz war verzweifelt.

„Nein", sage ich und hebe sein Kinn sanft an. Seine Augen beginnen wieder zu strahlen.

„Uiii, ist das schön kitschig. Weiter. Wie lange seid ihr schon zusammen?"

Gute Frage.

„Was ist, Timothy, einigen wir uns auf eine Minute?"

„Klingt gut."

Es ist schön, sein Lächeln zu sehen.

„Oh. Schätzchens, recht lange ist das noch nicht. Egal. Was nicht ist, kann noch werden."

Für einen sehr kurzen Moment der Stille hält Oma mal die Klappe, bevor ihr eine Idee kommt.

„Bin gleich wieder da. Hole mir nur schnell auch was zum Essen. Übrigens, der Bierkrug gehört mir. Da passt mehr rein."

„Seit wann verweigert deine Oma Essen mit Alkohol?"

„Ich weiß es nicht. Vielleicht ist sie ja krank?"

„Hoffentlich nicht. Die Welt braucht Omas wie sie."

Er nimmt sich mit den Fingern einen Knödel und hält ihn mir hin.

„Prost?"

Ich proste ihm mit einem eigenen Knödel zu.

„Prost!"

Wir essen unsere Rumbomben und Oma kommt zurück, setzt sich zu uns und beginnt auch zu essen. Eine Banane. Bis ich den Anblick etwas zu schräg finde.

„Oma, kannst du deine Banane bitte normal essen wie jeder andere Mensch auch?"

„Sorry, Schätzchen, was meinst du?"

Mit unschuldig gespitzten Fingern zieht sie ihrer Banane ein weiteres Stück Schale aus.

„Dass du dein Essen nur normal kauen und nicht gleich einen Blowjob daraus machen musst."

„Oh. Das meinst du."

Sie wedelt mit ihrer Banane herum.

„Ich dachte, ein wenig Inspiration könnte nicht schaden. Aber bitte, ich kann auch normal abbeißen."

Genussvoll verdrückt sie den Rest der Banane, bis sie sich wie wir den Knödeln zuwendet. Aber irgendwas ist anders.

„Bisschen matschig heute. Ist da mehr Rum drin als beim letzten Mal?"

„Mir ziemlich egal, solange die Hängematte vom letzten Mal noch da ist", sagt Timothy beiläufig.

„Jungs, habt ihr etwa meine Hängematte geschwängert?"

Glaube nicht.

„Nicht, dass ich wüsste. Haben wir?"

„Nein. Könnte mich nicht erinnern."

„Schade, ich hätte eine zweite Hängematte gut brauchen können."

„Wofür denn?"

„Die hätte ich unter die jetzige Hängematte als Tischersatz für Schraubverschlussflaschen gehängt. Ihr glaubt nicht, wie unangenehm es ist, sich mit einer Flasche seine Schlafstätte teilen zu müssen."

„Wie oft dir das im übertragenen Sinne wohl schon passiert ist..."

„Nicht oft. In so einem Fall, wie du meinst, kann von Schlaf-stätte wohl keine Rede mehr sein."

„Wovon denn dann?"

„Sportplatz."

Der Mond ist nach wie vor von düsteren Wolken umgeben, und die Luft wird immer kälter. Wir aber sitzen auf Omas ge-mütlichem Balkon. Oma holt zwei warme Wolldecken. Eine für sich und eine für „das wohl unschwulste Pärchen, das ich je ge-sehen habe. Kein tuntenhaftes Auftreten, kein Leder, weniger als fünf Stunden Shopping pro Tag, keine Mascara,… Jungs, ir-gendwas habt ihr doch falsch gemacht". Dann lacht sie über sich selbst und wirft uns die Decke zu. Fast hätte sie die Wolle mit den Teelichtern abgefackelt. Aber nur fast.

Der Knödelberg wird immer kleiner, und die Geschichten, die wir uns erzählen, werden immer unterhaltsamer. Wir erfah-ren das eine oder andere Detail aus dem Hühnerstall (zum Glück habe ich einen Freund und keine Freundin), lästern über diesen und jenen YouTuber (wenn er schon Schleichwerbung macht, dann bitte so, dass man das Produkt nachher nicht ab-stoßend findet) und erfahren von Priskas Swingerklub-Karri-ere.

„Wir waren ein wirklich gepflegtes Etablissement. Schweine oder ungepflegte Kunden und Kundinnen wurden sofort raus-geschmissen. Genauso wie Menschen, die das Wörtchen ‚nein' nicht verstanden. Ob angezogen oder nicht, war unserem Tür-steher egal. Recht so."

„Und du hast echt alles gesehen?"

„Nicht alles. Aber fast alles, wozu man mich eingeladen hat."

Oma nippt an ihrem Wein. Und noch einmal. Ok, jetzt ist es doch kein Nippen mehr.

„Es hat sich im Laufe der Jahre so eingebürgert, dass manche Stammgäste es aufregend fanden, Zuseher zu haben. Sie kamen in den Randzeiten, in denen die Bar sehr dünn besiedelt war, zu uns Barkeepern und baten uns höflich, Zuseher sein zu dürfen. Ich habe meistens angenommen."

„Und?"

„Was und?"

„Jetzt komm, erzähl weiter!"

„Also für uns Angestellte war das immer eine Ehre. Und ihr könnt euch gar nicht vorstellen, wie sich manche von denen gefreut haben! Waren ganz aus dem Häuschen. Ja und dann sind wir wieder an die Bar gegangen und haben über Gott und die Welt geredet. Ach, waren das noch Zeiten."

„Aber Swingerklubs gibt es doch heute auch noch, oder?"

„Du warst noch nie in Wien, oder, Schätzchen? Obwohl, blöde Frage. Versteh mich nicht falsch, ich möchte euch von Wien kein verzerrtes Bild vermitteln. Das kriegen andere auch schon gut genug hin, obwohl sie keine Ahnung haben. Wo war ich? Ah ja. Klar gibt es heute auch noch Swingerklubs. Sie sind nur leider ziemlich in Verruf geraten."

Oma schaut schon fast traurig in ihr Glas.

„Durch mangelndes Niveau und falsche Philosophie haben sich manche Einrichtungen ihren schlechten Ruf zu Recht selber zuzuschreiben. Also Swingerklub ist nicht gleich Swingerklub."

„Gibt es deinen noch?"

„Leider nicht. Im Gegensatz zu uns Angestellten ist das Besitzerehepaar alt geworden."

Schwungvoll wirft sie das eine Ende ihrer Federboa, die sie diesmal als Schal nimmt, über die Schulter.

„Es war ein Familientrieb?"

„Familienbetrieb, Schätzchen, Familienbetrieb. Und ja, das war es. Zwei Heteros, die sich dachten ‚Ja, warum eigentlich nicht?' und einfach ihren eigenen Klub gründeten. Das Ganze gab einen ausgewachsenen Skandal, das könnt ihr mir glauben. War aber die beste Werbung. Wir wurden eine Art Treffpunkt für junge Erwachsene. Ich kann mich noch gut an zwei junge Frauen erinnern. Beide wollten sich ihren eigenen Lover suchen, doch an ihrem ersten Abend war nur ein junger Mann da. Hat gut ausgesehen. Letztendlich sind sie zu dritt in der Kiste gelandet. Die zwei wurden auch Stammkundinnen. Sie kamen immer öfter, und wenn mal gar kein Mann da war, haben sie sich einfach darauf eingelassen, was sich ergeben hat. Jedem neuen Gast wurde unser Türsteher persönlich vorgestellt. Sie wussten, dass sie in Sicherheit waren und nicht gehemmt sein mussten."

„Also hatten sie auch Sex miteinander."

„Das weiß ich nicht. Vielleicht haben sie auch einfach gekuschelt. Von ihnen weiß ich nur, dass es ihnen gefallen haben muss, sonst wären sie nicht Stammkundinnen geworden."

„Sind auch Ehepaare zu euch gekommen?"

„Selbstverständlich. Die wollten auch ihren Spaß haben. Abgesehen davon war der Mann des Besitzerehepaares gelernter

Koch und Italiener. Bald wusste jeder in der Umgebung, dass es das beste italienische Essen nun mal in unserer kleinen Taverne gab. Und ich rede hier nicht von billig aufgetauter Pizza, sondern von echten italienischen Familienrezepten. Schon bald lautete das Motto einiger aufgeschlossener Ehepaare: ‚Erst ausführen, dann verführen‘. War auch irrsinnig praktisch für den Umsatz!"

Oma muss lachen. Es ist das Lachen einer Frau, die gerne bei einem guten Glas Wein und angenehmer Gesellschaft in Träumen der Vergangenheit schwebt. Die in ihrem Leben etwas gelernt hat, was einem kein Buch erklären kann. Neben makabren Witzen und frechen Sprüchen hat sie gelernt, ihr Herz immer am rechten Fleck zu tragen. Oma halt eben.

Timothy

Scheiße. Ich bin diesmal selber mit dem Auto da. Da kommt man im Mantel der Unschuld daher und möchte einer alten Dame helfen, endet aber trotzdem beschwipst auf dem Balkon. Und so ganz nebenbei habe ich mir einen Freund geangelt. Oder er hat sich mich geangelt. Wie auch immer, ich würde jetzt um keinen Preis der Welt die Zeit auch nur um ein paar Minuten zurückdrehen wollen. Ich bin glücklich. Alle Zweifel und Bedenken haben sich aufgelöst. Wie Rauch im Wind sind sie weitergezogen und jetzt lache ich ihnen nach. Der Einzige, dem das Lachen endgültig vergangen ist, ist Zacharius. Er sollte wirklich mal mit jemandem reden. Fest steht aber, dass das nicht ich sein werde. Ab einem gewissen Punkt bin ich mir zu schade, mich erst belügen zu lassen und dann auch noch helfen zu müssen. Armes homophobes Schwein.

„...Mr. Grey und sein Vanilleeis sind was für Anfänger. Unsere Stammkunden haben öfters ein kleines Kännchen mit geschmolzener Schokolade bekommen. Die ist klebriger und lässt sich nicht so leicht wegschlecken."

„Leute, ich störe ja nur ungern, aber ich habe ein kleines Problem."

„Schätzchen, bist du etwa schwanger?"

„Noch nicht. Aber diesmal bin ich selber hergefahren."

„Wie jetzt? Mit dem Auto?"

„Glaub mir, Timothy, selber mit dem Auto zu Oma zu fahren ist nie eine gute Idee."

„Schätzchen, du kannst gerne bei mir schlafen. Also in meinem Haus. Wäre nicht das erste Mal, dass ich besoffene Abkömmlinge der Jugend beherberge."

Priska boxt ihrem Enkel freundschaftlich auf die Schulter.

„Das ist sehr nett, aber ich kann auch im Auto schlafen, dann müsstest du nicht noch einen Decken- und Polsterbezug waschen."

„Müsste Oma auch sonst nicht. Du schläfst bei mir!"

Mein Freund lacht mir zu. Ah ja. Stimmt. So machen Paare das. Das fühlt sich jetzt neu, aber trotzdem so vertraut an. Ich mag das Gefühl. Und heute ist so ziemlich der erste Tag in meinem Leben, an dem ich mich auf das Schlafengehen freue.

„Das wär schön. Danke!"

Ich schaue in seine Augen und abermals spiegeln sich die Sterne darin. Doch dieses Mal sehe ich mehr als nur die Sterne.

„Nur dass das klar ist, Jungs, wenn ihr in einem Bett schlafen werdet, lasse ich die Hörgeräte in der Küche. Und weckt mich ja nicht vor 10:00 Uhr auf, ich würde euch sowieso nicht hören. Nehmt euch zum Frühstück dann einfach, was ihr wollt. Nick, du kennst dich sowieso schon aus. Finger weg vom Cognac. Oh, und die Bananen liegen in der Ecke links."

Sie nimmt ihr Glas und trinkt es in einem Zug leer.

„Schätzchens, ich weiß nicht, warum, aber ich fühle mich wie so ein ausgelutschter Kaugummi auf der Unterseite eines billigen Plastikstuhles eines noch billigeren Theaters. Seid ihr nicht müde?"

Priska wartet erst gar nicht auf eine Antwort.

„Wie dem auch sei, ich hau mich in die Federn. Im Kühl-schrank steht noch eine Flasche Wein, und was sonst noch alles steht, will ich gar nicht wissen. Tschüsselchen, Schätzchens!"

Sie steht auf, nimmt ihr Glas mit, zupft sich demonstrativ die Hörgeräte aus den Ohren und tänzelt zurück ins Haus. Das ging jetzt schnell.

„Möchtest du noch Wein?"

Eigentlich könnte ich einfach mit versautem Unterton „Nein, ich will dich" sagen.

„Eigentlich nicht. Du?"

„Nicht wirklich. Oma hat ihre Decke dagelassen. Komm!"

Nick nimmt die Decken, ergreift meine Hand und führt mich in den Garten. Er breitet die Decke vor zwei nahe beieinander gewachsenen Eichen aus, setzt sich hin und lehnt sich an einen der beiden Bäume. Ich setze mich zum anderen Stamm und greife die Hälfte der Decke, die er mir hinhält. Verträumt schaut er in den Himmel.

„Woran denkst du, wenn du die Sterne siehst? Ich denke jetzt immer an den Kleinen Prinzen. Übrigens habe ich das Buch mittlerweile gelesen. Danke, dass du mir davon erzählt hast."

Ich denke daran, dass das Universum unendlich ist. Ich denke daran, dass wir klein sind. Ich denke daran, dass wir unbedeu-tend sein könnten. Ich denke daran, was mir das alles gerade bedeutet.

„Ich denke, dass ich gerade woanders sein könnte. Und es gibt nichts, was mir jetzt mehr Angst machen könnte."

Nick rutscht zu meinem Baum und ich lege meinen Kopf auf seine Schulter. Der warme Geruch seiner Haut lässt mich meine Augen schließen. Leise flüstert er mir zu:

„Dann brauchst du keine Angst zu haben."

Wirklich wunderbar gemütlich. Warm. Ich liege zu Nick gedreht im Bett. Seine Augen sind schon geschlossen, doch seine Fingerspitzen streichen sanft über meinen Rücken.

„Hey."

Ich stupse ihn sanft an. Er öffnet seine Augen wieder. Sie strahlen sogar in der Finsternis.

„Danke."

Seine Lippen formen ein Lächeln.

„Wofür?"

„Danke, dass du da bist. Obwohl ich für dich nicht immer da war. Tut mir leid."

Für einen kurzen Augenblick beherrscht die Stille das Zimmer.

„Das muss es nicht. Jetzt sind wir beide da. Und nur das zählt."

Seine Hand wandert nach oben und er fährt mir langsam durch die Haare.

„Übrigens, Timothy… ich finde, ein Anzug würde dir gut stehen."

„Danke. Aber mit welchem Hemd?"

„Ausnahmsweise weiß. Aber genauso leicht durchschimmernd wie das bunte."

„Vielleicht."

„Weißt du, in einem Gasthof meiner Gemeinde wird jährlich ein kleiner Ball am ersten Wochenende im Juli veranstaltet. Also morgen."

„Im Juli? Außerhalb der Ballsaison?"

„Genau. Vielleicht ist er gerade deswegen so gut besucht."

Seine Hand bleibt auf meinem Schulterblatt liegen.

„Darf ich mich glücklich schätzen, mit dir als meine Begleitung hinzugehen?"

Die Decke liegt leicht auf unseren Schultern, und durch das offene Fenster kann man die Grillen hören. Noch vor Wochen hätte ich nein gesagt.

„Nicht nur du wirst dich morgen glücklich schätzen."

Bevor er zufrieden seine Augen wieder schließt, küsst er mich und streckt seine Arme aus. Ich drehe mich um, Nick schließt mich in eine schützende Umarmung, und ich kann sein ruhig pulsierendes Herz im Rücken spüren.

So also fühlt sich bedingungslose Geborgenheit an.

„Kleiner, du hättest uns echt anrufen können, dass du die Nacht über wegbleibst. Hast du eine Ahnung, welche Sorgen ich mir gemacht habe? Von unseren Eltern ganz zu schweigen."

„Nein, ich weiß nicht, welche Sorgen du dir gemacht hast."

Sie wird es mir gleich erzählen.

„Ich dachte schon, du hattest einen Unfall. Oder dass diese gestörte Oma von der Stilkatastrophe diesmal Drogen mit euch genommen hat."

Keine schlechte Idee. Vielleicht kann man die Blätter von Sellerie rauchen. Nur so als Rache.

„Nein, haben wir nicht. Ich habe mir nur wieder ein Glas Wein genehmigt und wollte dann nicht mehr Auto fahren."

Ihr Gesicht entspannt sich.

„Ach so."

„Und nenn sie bitte nicht ‚gestörte Oma'. Du hast sie noch nie so richtig kennengelernt."

„Du meinst besoffen?"

„So in der Art."

Cyan möchte sich schon fast abwenden und wieder gehen.

„Ach übrigens, diesen Abend bin ich wieder nicht zu Hause."

Eine ihrer Augenbrauen hebt sich.

„Und die Nacht über?"

„Wahrscheinlich auch nicht."

„Soso. Wo soll's denn hingehen? Und keine Angst, Kleiner, ich habe nicht vor, mich aufzudrängen. Aber jetzt sag schon!"

Sie hat es wieder einmal geschafft, all das in einem Atemzug unterzubringen. Aber das war noch nicht alles. Nicht bei Cyan.

„Komm schon, ich habe mich jetzt echt lange zurückgehalten. Wann kriege ich auch mal mit, was abgeht?"

Sie hat's gleich.

„Ich meine, das ist doch alles ineinander verstrickt. Vor allem jetzt, wo du wieder Geige spielst und zu dieser Oma fährst und vermutlich Nick triffst und-"

Ist doch gerade eine passende Gelegenheit, meiner Schwester den Redefluss trockenzulegen.

„Schwesterherz, man hat mich zu einem Ball eingeladen. Um genau zu sein, war es Nick. Oh, und falls es dich interessieren sollte, wir sind jetzt zusammen."

Ich könnte schwören, noch nie Augen gesehen zu haben, die sich so dramatisch und gleichzeitig von Lachfältchen umgeben geweitet haben.

„Ha! Ich hab's gewusst! Von Anfang an! Ich merke sowas."

„Cyan, krieg dich wieder-"

„ICH HAB'S GEWUSST!"

Hilfe. Gleich rastet sie aus.

„ICH HAB'S - Kleiner, ich freu' mich für dich. Aber der Satz ist schon richtig abgedroschen. Ok, ich sag's anders. Ich beneide dich. Also nicht um Nick konkret, das wär schräg, ich meine allgemein halt eben - Moment mal, hat sich jetzt sogar schon mein introvertierter kleiner Bruder vor mir einen Freund aufgerissen?"

„Luft holen, Schwesterherz. Und ja, das hat er."

Sie grinst.

„Du kleines Luder! Wann-"

Naja.

„-stellst du ihn mir offiziell vor? Gehen wir wieder mal gemeinsam Kaffee trinken? Oder was auch immer das war, was er da geschlürft hat."

„Vielleicht."

Sie freut sich. Sie mag ihn also trotz seines ach so stillosen Kleidungsstils.

„Wie sieht's aus, Kleiner, Kellermusik?"

Sie hat mir diese Frage jetzt schon seit über einer Woche nicht mehr gestellt.

„Was denkst du, du Klaviervirtuosin?"

„Ich denke, dass ich jetzt meine Finger wie epileptische Spinnen über die Tasten sausen lasse, während du die schwungvollsten Melodien herunterfiedelst."

„Abgemacht."

Wir gehen in den Keller und spielen wieder gemeinsam. Es tut gut. Ich habe das Lied „Bird set free" von Sia vorgeschlagen. Cyan übernimmt zu Beginn des Stückes noch die ungefähre Begleitung des Originals. Dann schmeißt sie mit oktavierten Basstönen und zerbrechlichen Arpeggien in den oberen Bereichen der Klaviatur eine Begleitung hin, wie ich es schon lange nicht mehr von ihr gehört habe. Ihre Finger sausen auf und ab und Oktaven wüten neben verschmolzenen Terzen. Die Klänge unserer Instrumente greifen ineinander und fließen schwerelos durch den Keller.

Als das Stück aus ist, sagt Cyan einmal nichts. Ziemlich eigenartig. Sie lässt das Holz ruhig die letzten Obertöne in den Raum strahlen. Es ist nicht zu übersehen, wie sehr auch sie unsere kleinen Konzerte im Keller vermisst hat.

„Danke für's Abholen, Leute."

„Absolut kein Problem. Ist nicht wirklich ein Umweg."

Samuel sitzt am Steuer. Neben ihm zerkaut Samantha gerade eine Schnitzelsemmel.

„Sag mal, Samantha, muss das wirklich sein? Dass du mir meine Luxuskarre vollbröselst?"

„Luxuskarre? Das ist ein Fiat 500. Und überhaupt - hast du eine Ahnung, was das Essen auf Bällen kostet? Ein eigener Food-Truck kommt da günstiger."

„Stimmt auch wieder. Timothy, wo ist eigentlich Nick?"

„Er fährt mit Priska. Sein Sakko passt ihm nicht mehr und er wollte sich noch ein passendes besorgen."

„Echt? Ich dachte, du besorgst es ihm?"

Samantha dreht sich zu mir nach hinten.

„Seid ihr jetzt zusammen oder nicht?"

„Ja."

„Also doch." Sie beginnt zu grinsen. „Und? Skandalpärchen der Gemeinde?"

„So ganz durchgesickert ist das noch gar nicht."

„Oh. Und diese Priska kommt auch mit?"

„Soweit ich weiß schon."

„Und wer ist sie noch mal schnell? Wär jetzt blöd, wenn es seine Ex ist."

„Nicht seine Ex. Sie ist seine Oma."

„Der Arme. Muss seine Großmutter mitnehmen."

Wenn sie wüsste.

„Lass dich überraschen. Vermutlich werdet ihr sie mögen."

„Ist Priska eine moderne Oma?"

„Ähm… so in der Art."

Beim Gasthof angekommen („Schau, Samantha, dort drüben wär' noch eine Pizzeria…") parkt Samuel sein Auto im hintersten Winkel. Er ist schlicht in einem klassischen Herrenanzug gekleidet. Samantha hingegen hat ein Kleid an, in das um den Ausschnitt herum feine Spitze eingearbeitet ist. Nach unten hin fällt das Kleid in kleinen, seidenen Falten, und ein Farbverlauf von Weiß nach Schwarzblau unterstreicht die Eleganz des Stoffes. Unkonventionell steigt sie aus und mustert mich mit einem schiefen Grinsen.

„Sag mal, Timothy, kannst du eigentlich tanzen? Und ich meine jetzt nicht dieses nervöse Herumgehüpfe, ich denke da an Tanzkursschritte."

„Nicht gut."

„Das muss geändert werden. Komm her."

„Wie? Jetzt?"

„Natürlich. Hey, ich kann das. Frag Samuel!"

Der hebt nur beide Hände und dreht sich schweigend um. Toll.

„Oder frag ihn lieber doch nicht. Also, schau her. Rumba beginnt mit dem linken Fuß nach hinten…"

„Nein, mit dem rechten nach vorne. So viel weiß ich gerade noch."

Das war dann aber auch schon so ziemlich alles, was ich von dem Tanzkurs in der ersten Klasse retten konnte. Nachhaltig hängengeblieben ist nur diese begründete Angst vor einem Bandscheibenvorfall. Meine damalige Tanzpartnerin hätte jedem Gartenzwerg Konkurrenz machen können.

„Du redest von den Tanzschritten des Mannes. Ich zeige dir hier die Frauenschritte. Wie willst du sonst mit Nick tanzen?"

Nachdem sie mir in Windeseile die Grundschritte von Rumba und Cha-Cha-Cha beigebracht hat („Es ist ganz einfach. Rumba für kitschige und Cha-Cha-Cha für schnelle Lieder.") füllen sich die restlichen Parklücken langsam.

„…und wann genau kommt jetzt unser Seniorenbetreuer?"

Beinahe wäre ich ihr auch ohne Tanzen auf die Zehen getreten.

„Falls du Nick meinst, kann ich dir nur sagen, dass er bald kommen müsste."

Ich drehe mich im Kreis und sehe, wie auf der anderen Seite der Straße eine Frau in einem weinroten Abendkleid und Federboa einen Pizzakarton zerlegt. Der fliederfarbene schräg aufgesetzte Hut mit der Schleife verrutscht noch mehr, als sie versucht, die Einzelteile des Kartons gleichzeitig in einen Mistkübel zu stopfen.

„…so ein Schmarrn aber auch, dass diese Mistkübel die Klappe nicht weiter aufkriegen als diese verzogenen Kinder der Neuzeit, wenn's ums Grüßen geht. Schätzchen, wo ist die Pizza?"

Neben ihr steht Nick, auf seinen Händen die Pizza. Die beiden bemerken uns nicht.

„Ah, danke. Enkelchen. Schau gut zu, jetzt lernst du noch was!"

Priska nimmt den Rand der Pizza, und rollt die Pizza zusammen („Wieso nochmal habe ich mir diese bescheuerten Acrylnägel aufgeklebt?"), bis sie einen dicken Teigklumpen mit Füllung in den Händen hält.

„Ich sag's dir, wenn du eine Pizza so essen kannst, kriegt du jeden Blo-"

„Oma, schau, dort drüben!"

Nick deutet zu uns und winkt uns zu. Priska, gerade am Pizzarollenzerkauen, hebt ihren Kopf mitsamt ihrem Abendessen und fuchtelt freudig wie eine Verrückte mit ihrer Boa in unsere Richtung. Sie schaut die Straße auf und ab und stiefelt erstaunlich trittsicher in ihren Lack-High Heels in unsere Richtung. Immer noch kauend. Und fuchtelnd. Nick folgt ihr. In seiner aufrechten Haltung, dem dunkelvioletten Sakko und seinem dezenten Lächeln sieht er verführerisch gut aus.

„Scheiße, ist der heiß. Jackpot!", murmelt Samantha mir zu und klopft mir auf die Schulter. Tja. Wo sie Recht hat, hat sie Recht.

„Hi, Leute!"

Mein Freund umarmt uns nacheinander, um dann an meiner Seite stehen zu bleiben.

„Auf einen wundervollen Abend", sagt er leise, während er mir direkt in die Augen schaut und sein Gesicht an Lachfalten gewinnt.

Und dann kommt Priska.

„Yo, Bitches!"

Daraufhin wackelt sie mit erwartungsvoller Miene mit ihrem Arsch hin und her. Sie stutzt.

„Machen das die jungen Leute heutzutage nicht so?"

„Eigentlich nicht. Hallo, du geile nicht-alte Schachtel!"

Unbeeindruckt beißt sie von ihrem Abendessen ab und plappert währenddessen einfach weiter.

„Na gut, dann halt eben nicht. Ich würd einen vornehmen Hofknicks vielleicht auch noch hinkriegen…."

„Oma, wo hast du denn den gelernt? In deiner Jugend von den Habsburgern?"

Sie holt mit ihrer Pizzarolle drohend aus.

218

„Ich geb' dir gleich, einen Habsburger! Wobei lieber nicht, du bist schon vergeben. Abgesehen davon würde das ziemlich stauben beim Sex... Ach, hallo übrigens, ich bin Priska, die Oma von diesem verzogenen Jungen hier."

„Ich mag dich auch gern, Oma."

Priska dreht sich zu Samantha und Samuel.

„Ich weiß auch nicht, der ist mir einfach so zugelaufen..."

Sie wirbelt wieder herum zu uns.

„Kleiner Scherz, Schätzchen. Du weißt, dass ich dich gerne um mich habe. Oh, pardon. Euch natürlich. Willst mal beißen?"

Sie hält Nick die schon halb aufgefutterte Pizza hin.

„Nein danke, Oma."

„Auch gut, dann gönn ich mir mein Frustessen alleine."

„Wieso Frustessen?", hakt Samuel nach.

„Schätzchen, rate mal, wer in ein paar Stunden zwei Alkoholleichen auf der Rückbank in unser verschlafenes Kaff zurückimportieren darf. Richtig, das bin ich. Aber egal. So kann ich wenigstens peinliche Fotos machen, die ich zu Weihnachten dann auf den Christbaum hängen werde."

Mir ist schwindelig. Nicht von diesem echt geilen Mischgetränk von dieser echt geilen Bar. Aber das waren wohl gerade ein paar Cha-Cha-Cha- Drehungen zu viel. Im Veranstaltungssaal des Hauses hat sich eine kleine, aber feine Live-Band breitgemacht, und darum herum ist genügend Platz zum Tanzen. Um diese Uhrzeit ist es aber ohnehin ein Wunder, dass in diesem Gasthof überhaupt noch jemand die Schritte so halbwegs korrekt beherrscht.

„Pflanzen wir uns zur Bar?"

„Gern. Zeit zum Verschnaufen wär' jetzt echt gut."

Gemeinsam bahnen wir uns unseren Weg zur Bar.

„Hey, wo sind eigentlich Samuel und Samantha?"

„Noch tanzen."

Ich drehe mich um und sehe die beiden, wie sie ausgelassen herumhüpfen.

„Oder so ähnlich."

„Weißt du auch, wo Oma ist?"

„Ja, die ist gerade noch da drüben gestanden und hat sich mit zwei anderen Leuten unterhalten. Oh, sie stehen noch immer dort."

Nick dreht sich in die Richtung, dreht sich in Zeitlupe wieder zurück, verbirgt sein Gesicht in seinen Händen und stöhnt resigniert.

„Was ist los? Kennst du die beiden, mit denen Priska redet? Übrigens, sie kommen in unsere Richtung."

Mein Freund hebt den Kopf mit gequältem Blick und ironischem Lächeln.

„Timothy,... darf ich dir vorstellen? ...meine Eltern."

Also. Nur um die Geschehnisse des Abends bisher grob zu skizzieren: Ich habe zwei neue Tänze gelernt; Priska gesehen, wie sie den Barkeeper angegraben hat; bisher vergeblich auf ein bestimmtes Lied gewartet, dafür aber ein Gespräch mit meinen Schwiegereltern überlebt. Eigentlich sind sie sehr nett. Sie haben mich auch zum Essen bei ihnen eingeladen. Praktisch. Ich konnte aber aushandeln, dass ich zumindest die Nachspeise mitbringe. Ich kann zwar nicht backen, dafür aber Cyan. Nicks Eltern haben sich gefreut, gefragt, gelacht und zugehört, sich umgedreht und sind, keine Ahnung, wohin, verschwunden. Sie verbringen den Abend zu zweit und sind uns einen solchen ebenso vergönnt.

„Hey, kennst du den L'amour-Hatscher?"

Das Lied kenne ich. Hilfe.

„Ja. Das Lied ist mir zu kitschig."

„Nicht das Lied. Den Tanz!"

„Den kenne ich nicht."

„Das lässt sich ändern."

Er schleppt mich Richtung Band, die gerade ein langsames Lied beginnt. Eine Frau und ihr Duettpartner hauchen den Text ganz nah ins Mikrofon. Ihre Augen sind geschlossen.

„Du kennst die Schritte also nicht?"

„Nein."

„Macht nichts, ich kenne sie auch nicht wirklich. Stell dir einfach vor, zwischen uns verläuft auf dem Boden eine Linie von links nach rechts. Wir bleiben immer auf dieser Linie und steigen einfach hin und her. Das war's."

„Sollte machbar sein."

„Auf jeden Fall. Und diesmal führst du!"

Na toll. Nick lacht.

„Hey, was kann schon schiefgehen?"

Ich versuch's mal mit Optimismus.

„Es kommt vielleicht etwas schräg, wird aber sicher nicht schiefgehen. Hoffentlich."

„Sicherlich."

Wir gehen in Tanzhaltung. Es ist viel leichter, als ich gedacht habe. Einmal hin, zweimal her - komplett egal. Genauso wie vorher schon schauen uns einige Leute verstohlen zu. Auch komplett egal. Ich kann nichts dagegen machen, wenn sie eifersüchtig sind. Und ich möchte auch nichts dagegen machen. Sollen sie doch fühlen, was sie wollen. Was ich fühle, kann mir auch niemand verbieten.

Gegen Ende des Liedes wird das Licht immer düsterer. Nicht die Augen von Nick. Unser Tanz wird langsamer. Die Umgebung unwichtiger. Gefühle dominanter. Hingabe stärker. Eine weitere Ewigkeit entsteht, die nur uns beiden gehört.

„Na, endlich fertig mit Knutschen?"

Samantha und Samuel gesellen sich zu uns.

„Vorerst."

An uns wirbelt Priska mit dem Barkeeper vorbei.

„Die zwei sicher noch nicht. Nick, bist du dir sicher, dass nicht doch du fahren solltest?"

„Keine gute Idee. Auch ohne Alkohol nicht."

Samuel schüttelt lachend den Kopf.

„Und deine Oma ist immer so cool drauf?"

„Eigentlich schon."

„Warum?"

Samuel bekommt seine Antwort schulterzuckend.

„Ich habe sie eigentlich nie gefragt."

Wie auf Kommando steht sie plötzlich neben uns. Wenn man den Teufel an die Wand malt...

„Lästert ihr gerade?"

„Noch nicht. Sag einmal, warum genau bist du eigentlich immer so cool drauf?"

„Schätzchen, woher soll ich das denn wissen? Ich lasse einfach das zu, was gerade so kommt. Kotzen ist eine Ausnahme."

„Und wo hast du jetzt deinen Barkeeper abgesetzt?"

„Dort drüben. Im finstersten Eck. Versucht gerade mit dem Sänger zu tanzen."

Priska deutet mit ihrer Federboa auf Nick und mich, wie wir Händchen haltend dastehen.

„Schätzchens, ihr inspiriert eine Menge Leute, wisst ihr das?"

„Das sind zwei."

„Ist doch egal. Ohne euch hätte er sich das nicht getraut."

„Woher weißt du das?"

„Ich habe ihn womöglich gefragt, ob er eine Freundin hat. Er hat verneint, und meine Frage, ob er einen Freund hat, hat er ignoriert und nur versucht unauffällig zu euch zu sehen. Danach hat er zu dem Sänger gesehen. Nach dem Lied habe ich ihm gesagt „Schätzchen, jetzt schiebst du deinen Arsch Richtung Band und fragst ihn, ob er tanzen will. Keine Widerrede, oder ich frag' ihn."

Wir stehen also wie die Erdmännchen da und starren (überhaupt nicht auffällig...) zu den beiden. Katastrophales Taktgefühl, weil der Barkeeper führt, keinen wirklichen Plan, wo die Füße hingehören, aber ein gemeinsames Lachen eingebettet zwischen all den Barthaaren. Und das zählt.

Die kühle Nachtluft tut gut. Nachdem die Besucher immer weniger geworden sind, haben sich Nicks Eltern sowie Samuel und Samantha von uns verabschiedet, und wir haben uns mit der Band und dem Barkeeper an der Bar breitgemacht („Also wirklich. Vertragen die Leute heutzutage nichts mehr oder sind die einfach nur brav? Schätzchens, wir bleiben, bis man uns persönlich rauswirft.") Priska hat sogar die Band überzeugen können, ein letztes Lied zu spielen, bei dem sie mit ins Mikrofon singen darf. Sie hat sich einfach nur gefreut. Und gesungen. Quasi. Zum Abschluss des Balls hat der Barkeeper eine Runde aufs Haus ausgegeben. Davor hat er seinen Kollegen arbeiten lassen und nur noch mit dem Sänger getanzt.

„So, Schätzchens, möchte wer vorne sitzen oder soll ich es einfach vermeiden in den Rückspiegel zu schauen?"

„Letzteres."

„Auch gut. Will vorher noch jemand Pizza?"

Wir schütteln den Kopf.

„Na dann halt nicht. Aber Kebap wär' schon geil, oder?"

Bei Priska angekommen, bedanken wir uns bei ihr, dass sie gefahren ist („Nichts zu danken, ich hatte doch auch meinen Spaß!") und ziehen uns in Nicks Zimmer zurück. Wir hängen unsere Gewänder auf leere Kleiderhaken im Schrank und kuscheln uns im Bett zusammen.

„Hey!"

Diesmal stupst er mich an.

„Kannst du auch nicht schlafen?", flüstert Nick mir zu.

„Nein. Der Abend war zu schön, um jetzt einfach einschlafen zu können."

„Finde ich auch", sagt er, als er mir mit seinem Finger über die Lippen fährt.

Wir küssen uns. Diesmal ist der Vorhang zugezogen.

„Woran denkst du?"

„An dasselbe wie du."

Die Hörgeräte liegen auf dem Tisch und niemand hört, wie die oberste Küchenlade links leise auf und wieder zugeht.

In der Früh bahnen sich die ersten zarten Sonnenstrahlen durch das Muster des Vorhangs. Wir sind beide schon wach, bleiben aber noch im Bett liegen. Reden. Genießen das Zusammensein. Reden über gestern Nacht. Und wie wir diese Nähe genossen haben.

Das Wasser der Dusche ist angenehm warm. Ich bin ein Verfechter der Theorie, dass man nicht nur im Winter warm duschen sollte. Manchmal ist es Unbedeutendes, das so viel Wirkung hat. Den Tag zusammen unter warmem, schmeichelndem Wasser zu beginnen zählt dazu. Die kristallklaren Tropfen fließen über unsere Körper und perlen glänzend von unseren Haarspitzen ab. Duftender Schaum streift unsere Konturen und sanfte Hände sagen mehr als tausend Worte.

„Komm, gib das Handy her, so verspießert kann sie doch gar nicht sein."

Wir sitzen im Garten inmitten des Urwalds beim storchbeinigen Mosaiktisch. Priska hat sich ihren eigenen Gartensessel geholt, und wir lassen uns das Mittagessen (Chili con Carne zu angerösteten Semmelknödeln) schmecken. Gerade redet sie schmatzend in mein Handy hinein.

„Hallo, ist da Cyan? .... ja, stimmt, blöde Frage, wer sonst.... wie dem auch sei, kommst du heute noch vorbei? ....warum du vorbeikommen solltest? Schätzchen, es ist ein wunderschöner Sonntag und du bist jetzt die Schwester meines Schwiegerenkels, ob dir das passt oder nicht....du überlegst es dir?.... Schön. Bis später!"

Priska gibt mir mein Handy zurück. Ich bewundere sie gerade dafür, dass sie es im Gegensatz zu mir geschafft hat, Cyan zu überzeugen.

„Schätzchens, würdet ihr euch bitte noch was von dem toten pürierten Schwein nehmen? Aufgewärmt schmeckt's nicht mehr so gut."

„Gern, danke."

Kochen kann sie. Vermutlich war sie es, die es Nick beigebracht hat. Sie sollte ein eigenes Kochbuch herausbringen.

„Hat meine Schwester gesagt, wann sie kommt?"

„Sie hat irgendwas von ‚brauch noch ein bisschen' genuschelt. Keine Ahnung, was sie ausheckt."

So wie ich sie kenne, studiert Cyan aufgrund ihres ersten Eindrucks von Priska noch schnell einen Online-Ratgeber über den Umgang mit psychisch labilen Menschen.

Wir sitzen noch immer mit dem leer gegessenen Geschirr im Urwald, als Cyan unsicher durch einen der Heckenpfade heraustritt. Unschlüssig steht sie da.

„Hallo! Ich hab' euch was mitgebracht."

In den Händen hält sie einen runden Tortenbehälter, hinter dessen Plastikwänden eine kleine Torte darauf wartet, gegessen zu werden. Und zwar von uns.

„Schätzchen, das freut mich aber. Willkommen in meinem Urwald!"

„Danke für die Einladung."

„Nichts zu danken. Hast du die Torte extra für uns gebacken?"

„Nein, ich habe sie einem Kind aus seinem Kinderwagen gestohlen."

„Gefährliche Aussage. Mir würden das die meisten Menschen glauben."

„Man kann es ihnen nicht verübeln", rutscht es Cyan heraus. Priska lacht nur. Das Eis ist gebrochen. Unsere Gastgeberin holt für Cyan auch noch einen Gartensessel und setzt sich wieder zu uns. Die Torte, die meine Schwester noch schnell für uns gebacken hat, schmeckt so gut, dass wir sie trotz unserer rebellierenden Mägen wie die Verrückten in uns hineinstopfen.

„…wie hast du eigentlich reagiert, als du rausgefunden hast, dass dein Bruder schwul ist?"

Priska hat die Frage mit einer Unschuldsmiene gestellt, aber sie kann ihre Neugierde nicht verbergen. Dafür sind ihre Augen zu wach und der Kopf zu schräg geneigt. Cyan überlegt. Auf ihrer Stirn bilden sich kleine Fältchen. Das ist immer so bei ihr, wenn sie angestrengt nachdenkt. Soll auch mal vorkommen.

„Also aus dieser Perspektive habe ich das eigentlich noch nie gesehen."

Sie dreht sich zu mir.

„Ich meine, ja klar bist du schwul oder bi oder queer oder was auch immer, kann mir doch egal sein, aber das steht nicht im Vordergrund. Du warst schon immer Timothy, und ob du einen Freund oder eine Freundin heimschleppst, ändert nichts daran. ‚Schwul sein'. Das hört sich an wie eine endgültige alles erklärende Zuschreibung. Ist es aber nicht. Ich meine - seht euch doch mal an! Für mich seid ihr einfach ein knuffiges Pärchen - ja, Kleiner, ich habe knuffig gesagt - und fertig. Und als ich rausgefunden habe, dass ihr zusammen seid-"

„Bist du komplett ausgerastet."

„Bin ich nicht. Ok doch, bin ich, aber im positiven Sinne. Irgendwie habe ich es vermutet. So was spürt man als Schwester."

„Och, Schätzchen, ist das schön. Ich finde ja, jeder braucht jemanden im Leben, der immer für einen ausrastet, wenn's gerade passt."

„Nennt sich Geschwister."

„Oder Oma!", wirft Nick ein.

Gespielt empört sich Priska.

„Also bitte, wann bin ich denn zuletzt ausgerastet? Enkelchen, daran könnte ich mich gar nicht erinnern."

„Liegt wohl am Wein."

„Auch wieder wahr. Übrigens. Schätzchens, der Himbeerlikör ist fertig. Ich habe das Ganze im Druckkochtopf aufgekocht, und was soll ich sagen, ich glaube, das hat funktioniert."

Meine Schwester sieht sie ungläubig an.

„Im Druckkochtopf?"

„Natürlich."

„Ich hätte einfach alles in große Gläser mit Deckel geschmissen und stehen gelassen."

„Geht auch. Aber wer wird schon gerne stehen gelassen?"

„Ha-ha. Und dann? Auskühlen lassen, in Flaschen abfüllen und ins Regal stellen?"

„So in der Art. Auch wenn ich immer wieder Flaschen abfülle, bedeutet das nicht, dass ich sie dann alle ins Regal stellen kann."

Priska zwinkert Nick und mir zu. Meine Schwester lacht über und mit uns.

„Nun sagt schon, Schätzchens. Kostprobe oder nicht?"

Nick und ich nicken. Wir sehen alle zu meiner Schwester. Ihre Mundwinkel ziehen sich nach oben.

„Aber nur, weil du wirklich die absolut geilste nicht-alte Schachtel bist, die man sich nur vorstellen kann."

Priska freut sich, rückt stolz ihre Federboa zurecht und verschwindet lächelnd Richtung Keller, um später freudestrahlend feststellen zu können, dass ihr Druckkochtopflikör sogar die Rumknödel toppt.

Bärbl

- Epilog -

Sie sind alle dort versammelt. Mein Bruder, der immer noch bei Miss Molly arbeitet, Timothy, der sie und meine Freundinnen immer mit seiner Geige besuchen kommt, Priska, Cyan, Violett und noch ganz viele Menschen, die ich nicht kenne. Sie haben alle schwarze Sachen an. Auch Priska. Und sind ganz traurig. Ein Mann mit vielen weißen Haaren hält eine sehr junge Frau in den Armen, und beide weinen bitterlich. Vorne steht der Sarg, von dem jeder glaubt, dass Zacharius da drinnen ist. Stimmt aber nicht. Er ist hier bei mir. Wir hören uns die schönen Lieder und berührenden Worte der Menschen an, die sich seinetwegen versammelt haben.

Mein Bruder und Timothy werden nachher gemeinsam zum Steinplatz fahren und dem beruhigenden Plätschern des Wassers lauschen. Sie werden auch noch oft mit Cyan ins Kaffeehaus gehen. Ganz oft werden sie Oma besuchen, die sich sehr darüber freuen wird und sie gerne zum Lachen bringt. Das ist Omas größtes Geschenk.

Sie werden gemeinsam am Sonntag bei Mama und Papa essen und oft an mich denken. Sie werden nicht fragen, warum…?, sondern sie werden dankbar sein, dass ich da war. Das finde ich schön. Sie freuen sich, einfach weil ich da war.

Zacharius sieht still zu. Ich weiß, dass es ihm jetzt nicht mehr schlecht geht. Ich wünschte, dass es ihm auch schon früher besser gegangen wäre. Dass jemand für ihn da gewesen wäre. Das wäre dann für alle schön gewesen. Ich habe immer meinen Bruder gehabt. Er hält gerade die Hand von Timothy. Sie gehören zu den Menschen, die ich liebhabe. Sie gehören zu denen, die mir gezeigt haben, was es heißt, an der Hand genommen zu werden.

Zacharius hat mir diesen Platz hier gezeigt. Jetzt nehme ich Zacharius' Hand und zeige ihm, zusätzlich zu den Plätzen, die mich glücklich machen, was es heißt, an der Hand genommen zu werden.

Verzeichnis der zitierten Werke

Antoine De Saint-Exupéry, Der Kleine Prinz. Aus dem Franzö-
sischen von Marion Herbert.
© 2015, 2020 by Anaconda Verlag, einem Unternehmen der
Penguin Random House Verlagsgruppe GmbH, Neumarkter
Straße 28, 81673 München